北京外国语大学"双一流"建设项目成果

丛书主编
王克非　王颖冲

丛书编委（按姓氏拼音顺序排列）
金　莉　宁　琦　陶家俊　王炳钧　许　钧
薛庆国　杨金才　张　剑　赵　刚　郑书九　查明建

狄更斯幽默故事集

[英]查尔斯·狄更斯 —————— 著

闵晓萌 ——————————译

浙江大学出版社
ZHEJIANG UNIVERSITY PRESS

"万国文译"总序

  文学是人类以语言文字为媒介，描述外部环境与事件、表达内心认识与情感的重要方式。各国的文学经典是世界共有的财富，但由于语言文字不同，读者要理解和欣赏其他国家和民族的作品存在障碍，这就有赖于翻译这座沟通的桥梁。一百二十多年来，外国文学经由翻译大量引进中国，新思想、新气象、新题材、新方法随之而入，深刻影响了当时的中国社会。改革开放后，新一轮外国文学的译入，再一次迎合了思想解放的大潮和广大民众的精神需要。"二十世纪外国文学丛书""外国文学名著丛书"等一大批译丛相继推出，为中国读者打开了看世界的窗口，使之得以穿越时空与过去的文学大家对谈。与此同时，意识流、现代派、魔幻现实主义等文学流派和思潮也对中国当代文学的发展产生了重要影响。

  没有翻译，就没有世界文学。千真万确。但世界文学显然不只是英美等大国的文学。一百多年前，鲁迅先生第一次译介世界文学的集子《域外小说集》，当中就有许多篇章来自俄罗斯、波兰等东欧国家及北欧小国。但是纵观近百年以及改革开放以来的外国文学翻译，可以发现，我们关注的主要还是英语和几个通用语种，而对其他语种、其他民族的文学关注不够。许多国家的文学作品对中国读者来说还很陌生，除了专门的学者，人们很难说出许多非通用语种的作家或作品。这对于中国人民了解世界文学的多样性、领略不同文化的丰姿，沟通"一带一路"沿线国家的民心，无疑是一种缺憾。

北京外国语大学"一流学科"建设重大项目"世界文学经典译丛"正是在这样的背景下启动的。我们旨在推介富有思想性、文学性和民族代表性的经典著作，尤其是"一带一路"沿线国家那些鲜为人知的文学瑰宝。目前已出版和正在筹划中的书目之语种包括意大利语、丹麦语、阿塞拜疆语、罗马尼亚语、荷兰语、韩国语、马来语、波斯语、尼泊尔语、僧伽罗语、乌尔都语、斯瓦希里语等，以及少量英语、日语。这套丛书是开放的，将持续吸纳新的语种、作家和作品，以契合丛书名称里的"万国"之意。推进这一宏大的文学翻译项目是北京外国语大学发挥专业特色与学科优势的使命，也体现出各语种译者和学者"注重翻译，以作借镜"的初心。

本丛书收录的作品，绝大部分来自中小国家，它们在本国拥有极高声誉，其作者被誉为该国的"鲁迅"或"老舍"，但是在世界文学的场域中处于边缘位置。对于这类世界文学的"遗珠"，我们愿意做一名"拾贝者"，让它们在当代中国绽放光彩。各国各民族的文学有赖于翻译为其他语种的读者民众所知悉，乃至成为世界文学经典的一部分，对文化多样性有着重要意义。丛书中也有一小部分出自知名作家，如狄更斯、夏目漱石等。他们的作品被广为译介，有的作品此前已有中译本。但语言是不断发展的，读者的审美需求也在变化，再好的译本历时几代之后也有必要重译。而且，经典著作必然有其复杂性和深邃性，多译本可以从不同视角诠释其内涵，让其释放出深厚的内在力量。

我们对入选译丛的作品，首先注重其文学意义，对于该国该民族该时代而言，有其特有的文学价值，并不都是已经被确立为经典的作品。文学翻译既是文本在空间上的传播和时间上的传承，也是一种演绎和建构——这种打造"准经典"的选择就更加考验出版社、编者和译者的远见、洞察力和勇气。感谢浙江大学出版社对我们这项工程的认可，以及对注重多语种翻译、传承各国文学的认真态度。

中华民族是一个包容、开放的学习型民族，数千年来一直从世界各国汲取文明的精髓。中国历史上多次思想、技术和文化的革命都伴随着翻译高潮而来。通过翻译，我们了解和学习他国经验，也丰富和强大了自身。希望"万国文译"丛书能让今天的读者乐享、悦读，并为文学翻译、文化融通、文明互鉴贡献一份力量。

"万国文译"主编

2021 年 12 月

目 录

泥雾镇前镇长塔冉渤先生的公共生活

泥雾是个怡人的小镇。这个极为怡人的小镇坐落于河岸边一座迷人的山谷中。正是得益于这条河流，泥雾镇汲取到了沥青、柏油、煤炭、绳芯纱的好闻味道，成为戴油布帽的流动人群和醉醺醺的船夫们常年聚集的城镇，还获得了与海事相关的其他许多便利条件。泥雾镇四周围有不少水泽，但确切地说，它也并不是那种可以作为温泉疗养地的城镇。即便是在年景最好的时候，水也是一种任性的元素，在泥雾情况尤甚。冬季里，它从街道里涌流而出，奔腾着流入田间，——不，涌入房屋的地窖和厨房中，滔滔汩汩、毫无节制，让人恨不能将之排尽。到了炎热的夏季，它又变得干涸滞绿。尽管绿色本身是一种好颜色，尤其能衬托青草的苍翠，但对水而言肯定是不相称的。不容否认的是，这种看似无关紧要的细节确实有损泥雾镇的美丽景致。泥雾镇是一处很宜于养生的地方——非常宜于养生——可能有点潮湿，但并无大碍。有人认为潮湿是不健康的，这可真是个错误：植物在潮湿的环境中生长得最茂盛，为什么人就不行呢？泥雾镇居民们口径一致地声称：世界上没有比我们更健康的种族了；我们一起为那个庸俗的错误观点提供了不容置疑、确凿可信的反例。所以，尽管我们承认泥雾很潮湿，我们还是要明明白白地说明这儿的生活对健康有益。

泥雾镇风景如画。（伦敦的）莱姆豪斯和拉特克利夫公路[1]风格都与之有些类似，但它们只能让你对泥雾有个模糊的印象。泥雾的小酒馆数目比这两处地方要多得多——比拉特克利夫公路和莱姆豪斯的加起来还多。这里的公共建筑也非常醒目。我们认为政务大厅是现存棚式建筑最精美的代表性建筑之一。它融合了猪圈和茶棚的结构特点，其设计的简约之美简直无出其右者。门的一侧安置了一扇大窗户，另一侧则安置了一扇小窗户，这主意真让人愉快。挂锁和刮板也有一种精致古朴的多立克式的美感，与建筑的总体效果严丝密合、相得益彰。

在这个房间里，镇长和镇议会的议员们汇聚一堂，庄严地召开镇议会，为公众谋求福祉。房间用石灰粉刷过，里面仅有的家具是一些宽大的木质长凳，以及摆放在中心位置的一张桌子。泥雾的贤者们坐在长凳上，一小时接着一小时地一本正经地研究着重要事宜。正是在这儿，他们决定了酒馆晚上应该几点关门打烊，早上应该几点允许开门营业，礼拜天人们去教

---

1 莱姆豪斯和拉特克利夫公路：拉特克利夫公路今天被简称为"公路"，并以此名为人所熟知，是连接伦敦市区和东区的莱姆豪斯的一条道路。在十九世纪，它是犯罪和恶行的同义词。特别是在 1811 年，这儿发生了一系列罪行昭著的凶杀案，人们称之为"拉特克利夫公路凶杀案"。

堂后多久吃晚餐才合法，以及其他了不得的政治问题。有些时候，整个镇子已经沉寂良久，远处商户和住宅里的灯火已经不再像遥远的星光那样，在河面上船夫们的视线所及处闪烁。而政务大厅两扇大小不一的窗户里仍透出光亮，提醒泥雾镇的居民们，本镇小小的立法机构，就像人数更众、更有名望的同类机构中那些更加喧闹聒噪、却丝毫不见得见解更深刻的同僚一样，怀着一颗爱国心一起打瞌睡，直到夜色深沉。这都是为了国家利益。

在这一小群有德行有学问的人中，多少年来，没有人能像著名煤炭商人尼古拉斯·塔冉渤那样，因仪态安静、举止谦逊而显得出类拔萃、卓尔不群。不论讨论的话题是多么激动人心，不论辩论的语调是多么抑扬顿挫，也不论相互之间的攻讦是多么言辞激烈，（即便在泥雾，我们偶尔也会人身攻击，）尼古拉斯·塔冉渤总是那样。说实话，尼古拉斯是个勤劳的人，每天总是早早地起床。当辩论开始的时候，他总会睡着，一觉睡到辩论结束。这时候他再神清气爽地醒来，心满意足地投票。事实上，尼古拉斯·塔冉渤知道每个人都事先做好了决定，陈述不过是毫无意义又耗时耗力的麻烦。到目前为止，尼古拉斯·塔冉渤在这件事上的做法是不是颇有几分道理，这仍是一个有待商榷的问题。

时光在人们的发间染上银霜，有时也在人们的口袋里装满金子。当时光渐渐在尼古拉斯·塔冉渤身上履行它的一项职权时，它也很周到客气地不忘为他履行另一项职责。尼古拉斯刚开始讨生活时，住的是四英尺见方的木质小屋，资产只有两镑九便士；可供交易的存货除开挂在屋外当广告的一大块煤炭，只有三蒲式耳半的煤炭。之后他扩建了小木屋，开始推着手推车运货。再然后他又弃了小木屋和手推车，买了头驴子，又娶了位塔冉渤太太。再然后他搬了家，开始用马拉车运货。马拉车很快被四轮马车所替代，如此这般，他就像他了不起的前辈惠灵顿[1]那样平步青云、名利双收——只是少了只猫做伴。最终，他彻底放下手头的生意，携妻儿退隐，住进了泥雾大厦。这栋大厦由他自己建造，选址在他的臆想中俨然是一座山，坐落在离泥雾镇不到四分之一英里远的地方。

就在这段时间里，泥雾镇上的人开始私下窃窃地议论，说尼古拉斯·塔冉渤越来越虚荣傲慢了。财富和成功侵蚀了他简朴的举止风度，玷污了他与生俱来的良善之心。简言之，他自以为是一位公众人物，一位了不起的绅士，惺惺作态、悲天悯人，看不起他昔日的同伴们。不论这些流言蜚语当时是否言之有据，塔冉渤太太之后确实坐上了一辆四轮轻便马车，驾车的马车夫个儿高高、头戴黄帽。小塔冉渤先生也喜欢上了吸雪茄，还爱管男仆叫"伙计"。从那时起，没人再瞧见塔冉渤先生晚上坐在驳船夫纹章酒吧里、烟囱一角的老座位上。情况似乎很糟糕，但事情还不止这些。有消息称，尼古拉斯·塔冉渤先生比以前更加频繁地参加议会会议；还一改多年来的做法，不

1　惠灵顿：此处涉及一个关于迪克·惠灵顿的英国民间传说。惠灵顿是一个可怜的孤儿，在自家养的猫儿的陪伴下，旅行去到伦敦，成长为伦敦市市长。这一角色得名于现实生活中的理查德·惠灵顿（卒于1423年），此人曾先后四次出任伦敦市长。

再在开会时打瞌睡，反而会用两只食指将眼皮子撑开。他不仅自己阅读国内报纸；还养成了习惯，沉浸于国外一些遥不可及又高深莫测的概念中，什么"人民群众"啦，"国家资产"啦，"生产力"啦，"货币利息"啦。这些都意味着并证明了尼古拉斯·塔冉渤要么疯了，要么状况比疯了还糟心。这让泥雾镇的好心人们深感惊奇困惑。

终于，在十月中旬前后，塔冉渤先生举家前往伦敦。塔冉渤太太告诉泥雾相熟的人们说，十月中旬正是伦敦的时尚流行季节，各类庆祝活动正如火如荼地展开着，一时间达到鼎盛。

不知怎的，正是在这段时间里，尽管泥雾的空气极宜养生，镇长还是去世了。这是一件极不寻常的事件。他已经在泥雾生活了八十五年。镇议会完全不能理解这件事。确实，一位极其注重礼节的老先生，本打算就塔冉渤这种不负责任的行为发起一轮行使否决权的投票，却在众人劝阻之下不得不放弃，是够难为他的了。然而，他在镇议会议员们毫不知情的情况下就这么去世了，确实奇怪。镇议会代表们不得不集结起来，选出他的继任者。所以他们就为此开会了。因为那时到处都在谈论尼古拉斯·塔冉渤，尼古拉斯·塔冉渤又是个重要人物，他们就推选了他。然后他们为此写了封书信，马上差人送往伦敦，告知尼古拉斯·塔冉渤他新近当选的事情。

那时正值十一月，尼古拉斯·塔冉渤先生身在首都。有消息传出来说，他出席了市长大人的巡游和晚宴。眼见了那些荣耀壮观的场面后，塔冉渤先生自惭形秽。他不由自主地反思到，如果他生在伦敦而非泥雾，他可能也会成为一位市长大人呢。如此就能对法官们施恩，对大法官和蔼可亲，与首相称兄道弟，对财政大臣居高临下、冷淡自持。吃晚餐的时候背后就能竖着一面旗子；还能做其他许多伦敦市长特权范围内的事。他越想着伦敦市长，越觉得他像是个令人羡慕的人物。成为国王固然很好，但国王跟伦敦市长比起来又算什么呢。当国王发表演讲时，每个人都知道讲稿是别人帮他写的。再看看伦敦市长，连续半小时侃侃而谈，全是他自己打的腹稿——整个人被四周围人们热情的掌声包围着。而众所周知的是，国王会对着议会一直演讲，却连一声喝彩声也无，到最后气得脸都黑了。这些思量在尼古拉斯·塔冉渤脑海中打转，伦敦市长在他看来是世界上最伟大的统治者；相比之下，俄国沙皇什么都不是，连蒙古大帝都被他甩得远远的。

尼古拉斯·塔冉渤先生正在寻思这些事情，一面还在内心深处诅咒那位在泥雾为他搭建起煤棚的命运之神；这时候，镇议会的信函送到了他手上。他读着信，一片潮红胀满了整张面庞，光明的未来景象已经在他脑海中跳跃了。

"亲爱的"，塔冉渤先生对他妻子说，"他们推选我做泥雾镇镇长。"

"仁慈的上帝，"塔冉渤太太说道，"老史尼格斯怎么了？"

"先史尼格斯先生，塔冉渤太太，"塔冉渤先生语气很严厉，因为他绝不赞成不顾礼法地将身居镇长高位的绅士称为"老史尼格斯"，——"先史尼格斯先生，塔冉渤太太，刚刚去世了。"

这则消息来得很突然，但塔冉渤太太只是又叫了一声，"仁慈的上帝"，好像镇长只是一个普通的基督徒似的。对此塔冉渤先生重重地皱了皱眉。

"真可惜不是在伦敦，是不是？"塔冉渤太太略微顿了顿说。"真可惜不是在伦敦，不然你就可以办一场巡游了。"

"我觉得，如果条件合适，我可以在泥雾办一场巡游。"塔冉渤先生神秘兮兮地说。

"上帝，我看你确实可以这么办。"塔冉渤太太回答说。

"还能办一场挺好的巡游。"塔冉渤先生说。

"棒极了。"塔冉渤太太叫了起来。

"这场巡游要好好震震那些没见过世面的人。"塔冉渤先生说。

"他们要嫉妒死了。"塔冉渤太太说。

事情就这么说定了，泥雾的国王子民们将要被这场盛事所震慑，他们会嫉妒得发狂。这场巡游不仅在泥雾镇前所未见，其他镇子上也从未见过——即便是在伦敦也没有举行过这样的盛事。

收到这封信的第二天，镇上来了位驾着驿递马车的高个儿马车夫，——他不是骑在马背上，而是坐在马车里，——他驱车来到镇政务大厅的大门口，也就是镇议会议员们集中的地儿，将一封书信转交给他们。这封信的署名虽是尼古拉斯·塔冉渤，但天知道是谁写的。信纸是巴斯产的镀金边热压信纸，字迹密密麻麻的，边边角角都写满了。尼古拉斯在信中说，他愿意以由衷的喜悦之情回应镇上同胞们的召唤，接受他们本着对他的信任委以他的重任。他绝不会逃避履行职责；而是以全镇同胞为重，竭尽全力，庄严行使他的职权。还有其他许多大意类似的话。但即便这样事情也还没有结束。高个儿马车夫从他右脚穿的高筒靴里抽出一份当天下午新出的县报，还带着些潮气。县报用第一版整个版面、大号字体印刷刊载了尼古拉斯·塔冉渤致泥雾镇居民的一篇长篇演讲。演讲中他称自己以喜悦的心情遵从他们的要求。简言之，他好像为了避免在这个问题上产生任何误解似的，反复告诉人们他打算做个多好的人，措辞与他在信中用来向他们讲述整件事的那一套一般无二。

镇议会议员们对这一切面面相觑，随后将目光转向高个子马车夫，似乎是在寻求解释。但高个子马车夫正聚精会神地端详着他黄帽子顶上的金色帽穗；尽管思绪完全不在这件事上，但他也顾不上解释什么。他们只好含含糊糊地咳嗽了几声作罢，神色很是凝重。高个儿马车夫接着呈上了另一封信函，信中尼古拉斯·塔冉渤知会镇议会，他打算把镇政务大厅翻修一新，让它看上去庄严大气，好为下礼拜一下午那场豪华巡游做准备。看到这里，议员们的脸色更凝重了。不过，信末正式邀请议会全体议员于当日在泥雾镇泥雾山泥雾大厦共进晚餐。他们这才开始意识到这事还有点儿意思，于是回复了几句恭维话，表示他们一定赴约。

话说泥雾镇恰好有一位——不知怎的，在不列颠的领土上几乎每个镇上都恰好有这么一位，也许在异国领土上也是如此——我们觉得很可能是这样，但是由于游历得不够广，也不能明确地这么说——泥雾镇恰好有一位脾气乐天、面带笑意、一无所长的流浪汉。此人不可遏抑地厌恶手工劳动，又难以克制地喜欢烈啤酒和烈性酒。每个人都认识他，但除了他老婆，没人愿意费劲儿与他争吵。他从祖先那里继承来一个名字叫爱德华·忒格，但他却喜欢"红鼻子赖德"这个绰号。他平均每天要醉酒一次，平均每个月要忏悔一次。他忏悔的时候，一般都是醉酒将醒、黯然神伤的时候。他是个衣衫褴褛、行踪不定、声大气粗的家伙，身形壮健、敏锐机智、头脑灵活；只要愿意，做什么事都能信手拈来。他绝不是原则上反对艰苦的劳动，因为他也可以整天在板球赛场上劳作——又是奔跑，又是接球，又是击球，又是滚球；即便辛苦得连做苦役的人都受不了，他也乐在其中。他本可以为消防部门做出很大贡献，没有人像他那样天赋异禀，既会使用蒸汽泵，又会爬梯子，还会把家具从三楼的窗户口扔出去。这还不是他拿手的唯一技能。他自己就是一个人道促进会，一个可移动的打捞工具，一件有生命的救生衣。在他的一生中，他所拯救的溺水者数目比普利茅斯救生艇或曼比船长设备[1]还多。尽管生活放荡，但因为具有这些资质，红鼻子赖德是个挺受欢迎的人。泥雾的当权者们因记得他为大众所做的种种服务，特许他不必忧心公债、罚款、监禁等处罚，想怎么醉酒就怎么醉酒。他有一张通用许可证，他也尽

---

1 曼比船长设备：英国航海船长乔治·威廉·曼比（1765—1854），他是"曼比迫击炮"的发明者。这一设备可以从岸边向一艘正在沉没的船发射一条绳索，让船员们和旅客们安全逃脱。

可能地多多使用这张许可证，以示感激之情。

我们已经详细描述了红鼻子赖德的性格和嗜好，这让我们得以有礼有节地从容地讲述一件事，而无须匆忙又不体面地强行对读者们将整件事和盘托出。我们很自然地说到，就在尼古拉斯·塔冉渤携全家返回泥雾镇的当晚，塔冉渤先生刚从伦敦招募来的新秘书，叩响了驳船夫纹章酒吧间的门。他面色苍白、胡须稀疏，把头压得比颈巾末梢还低，询问里面是否有一位赖德·忒格正在豪饮。他自称是士绅尼古拉斯·塔冉渤的信使，请忒格先生马上去大厦一趟，有私事专门相商。忒格先生可不想得罪镇长。他轻轻叹了口气，从炉边站起身来，二话没说，就跟着胡子稀疏的秘书穿过泥雾潮湿蒙尘的街道，来到了泥雾大厦。

尼古拉斯·塔冉渤先生坐在一个开着天窗黑乎乎的小地下室里，正在一大张纸上草拟巡游的计划。这时秘书将赖德·忒格引进房间，也就是他所谓的图书馆中。

"你好，忒格！"尼古拉斯·塔冉渤居高临下地说道。

忒格一时间本想回复，"你好，尼克！"但那是他还推着小货车时对他的称呼，距离他赶着小毛驴运货的光景要早好几年。所以，他只是鞠了鞠躬。

"我要你开始一项训练，忒格。"塔冉渤先生说。

"为什么要开始这项训练，先生？"赖德瞪着眼睛问道。

"小点儿声，小点儿声，忒格，"镇长说，"关上门，詹尼斯先生。看这儿，忒格。"

镇长边说边打开了一个高高的衣橱，露出一整套体积庞大的黄铜铠甲。

"我要你下礼拜一穿上这个，忒格。"镇长说。

"上帝保佑你的好心和灵魂，先生！"赖德回答道。"你还不如叫我穿上 74 磅[1]的重物，或是穿上个烧水壶呢。"

"胡说，忒格，胡说！"镇长说道。

"我不可能负担得起这个，先生，"忒格说，"如果我硬要试穿，它会把我压成土豆泥的。"

"得了，得了，忒格！"镇长回答道。"告诉你，我在伦敦可是亲眼看见别人穿着这种铠甲的，那人还不及你一半魁梧呢。"

"我宁愿想象一个人穿着八日钟[2]的匣子，还能省点亚麻布。"忒格边说边用忧惧的眼神打量着黄铜铠甲。

"这是世上最容易的事了。"镇长回答道。

"这不算啥。"詹尼斯先生说。

"那也得你习惯穿才行。"赖德补充说。

"你慢慢地逐步适应它，"镇长说。"你明天先穿上一片铠甲，后天穿两片铠甲，如此类推，直到你把它全都穿上。詹尼斯先生，给忒格来杯朗姆酒。试试胸甲，忒格。稍等，先再喝杯朗姆酒。帮我把它抬起来，詹尼斯先生。站稳，忒格！好了！——它还没有看起来一半那么重，是吧？"

忒格是个非常强壮结实的家伙；在踉踉跄跄了一阵儿之

1　74 磅：可发射炮弹的大炮，重 74 磅，约 67 斤。

2　八日钟：一种只需要每八天上一次发条的钟。

后，他终于能戴着胸甲站直了。再一杯朗姆酒下肚，他甚至能勉强穿着它四处走走了。随后，他把金属手套也戴上了。他试了试头盔，不过并不像之前那么顺利，因为他立马跌了个跟头——塔冉渤先生清楚地表示，这一事故是他没有在腿上也佩戴重量可与之平衡的黄铜而导致的。

"好，下礼拜一穿上这一身吧，要举止优雅、行为合度，"塔冉渤说，"我会让你发财的。"

"我会尽力而为的，先生，"忒格回答道。

"你必须保守秘密，对这件事缄口不提。"塔冉渤说。

"那是当然，先生。"忒格回答道。

"你必须保持冷静，"塔冉渤说，"完全冷静。"

忒格先生马上庄严起誓，承诺自己会像法官一样冷静。尼古拉斯·塔冉渤很满意。尽管要是我们是尼古拉斯，我们肯定要求得到一个更明确的承诺。因为，只要在夜间参加过不止一次泥雾镇立法会议，我们就可以郑重申明，我们曾亲眼见到法官们躲在假发后面吃晚餐的种种痕迹。不过，这也无关紧要。

从第二天起，接连三天，赖德·忒格都被严严实实地锁在开着天窗的小地下室里，努力背负起那套铠甲。每当他成功地多背负起一块铠甲，并直起身子站立起来，他就能多喝一杯朗姆酒。最终，在很多次快被压得窒息而死之后，他勉强穿着整套铠甲站了起来，在房间里跌跌撞撞地行走，像是座从威斯敏斯寺里走出来的醉酒的雕像。

没有哪个男人比尼古拉斯·塔冉渤更高兴，也没有哪个女人比尼古拉斯·塔冉渤的妻子更喜悦。对泥雾镇老百姓而言，这可真是一幕奇观！穿着黄铜铠甲的大活人！哎呀，他们会惊喜若狂的！

大日子——礼拜一——到来了。

即便那天早上的一切可以事先安排，也不可能比真实场景安排得更合宜。在那场盛事中，泥雾镇雾气缭绕，伦敦市长就职日时的伦敦都不曾有过一场这么好的雾。它伴随着清晨第一缕阳光缓缓地、清晰可见地从碧绿、凝滞的河水中升腾上来，直到没过路灯杆才停下来，懒洋洋、昏沉沉地滞守在这里，遮天蔽日。那天的太阳显得格外倦怠，就好像它整晚都在参加酒会，白天工作时极没有风度。厚重潮湿的雾气像一张巨大的薄纱窗帘悬挂在镇上。一切是那么模糊晦暗。教堂的尖塔已经暂时与下面的世界相隔绝，其他不那么显眼的物体——房屋、谷仓、树篱、树木、驳船都仿佛被笼罩在面纱中。

教堂大钟指向了一点。从泥雾大厦的前花园传出沙哑的喇叭声，那是一小段的微弱的花式吹奏，好像是某位哮喘病人不经意地咳出来这么一段似的。大门突然打开，一位绅士走了出来。他骑在一匹淡糖色的战马上，打算扮演一位传令官，但看起来更像是马背上的一张花牌[1]。这人是个马戏演员，总在每年的那个时候来泥雾。这次是为着这个大场面，专门受聘于尼古拉斯·塔冉渤的。还有那匹马，它摆动着尾巴，用后腿支

1　花牌：一副纸牌中的国王、王后或杰克。

撑起身体，前腿作奔腾状。那样子足以打动任何讲道理的人群的心，触动他们的灵魂。但泥雾的群众从来不讲道理，而且很可能永远不会讲道理。尼古拉斯·塔冉渤本来一心指望他们的欢呼能驱散雾霭，他们也毫无疑问应该这么做，但他们没有。他们一看到传令官，就开始毫不掩饰地低吼着表达自己的不喜，仅仅是因为他的骑姿与旁人并无二致。如果他倒立着走出来，或是从一个铁环里蹦出来，又或是从一个烧得通红的大桶中飞出来，甚至是单腿站立、另一只脚衔在口里出场，他们可能还会夸上他几句。但是一位专业人士，两腿分开、端坐在马鞍上，两脚放在马镫里，这简直太好笑了。所以传令官的出场绝对是失败了。当他灰溜溜地跃马经过时，人群起劲儿地起着哄。

接下来的是巡游。不得不提及的是，现场雇佣了许多临时演员。一些人身穿条纹衬衫，头戴黑天鹅绒小帽，扮演伦敦水手。一些人拙劣地模仿着小跑的步兵。因为雾霭沉沉，许多横幅标语不能迎风招展，展示旗面上的题字。另有一些情形并不符合我们的愿望，却又不得不予以说明：吹奏管乐器的人们，一面怀着对音乐的狂热仰望天空（我们是说雾气），一面从水坑和泥土包间穿行而过；他们溅起的泥浆洒满了小跑着的步兵们施着粉的脑袋，看起来又奇怪又难看。手摇风琴的演奏者们演奏时漏了一拍，曲调与整个乐队格格不入。马儿们习惯了在舞台上演出，不适应街道上的表演，只肯站在原地跳舞，不肯腾跃着向前行走——这些都是可以详细描述、极力渲染的事情；尽管如此，我们已无意再加以赘述了。

噢！这是何等盛大的美景！眼见着镇议会的议员们乘坐着玻璃马车徐徐驶来，花销和出场费全部由尼古拉斯·塔冉渤承担；他们像是参加一场不着丧服的葬礼，一个个竭力让自己看上去既伟岸又庄重。而尼古拉斯·塔冉渤自己则乘坐高个儿马车夫驾驶的四轮马车，跟随他们缓缓驶出。他的一侧是詹宁斯先生，看上去像个牧师；另一侧则是一位雇佣演员，手持一柄老旧的皇家近卫骑兵[1]军刀，扮作持剑者的样子。而围观的人群发出欢快的尖叫声，笑得泪水都顺着脸颊滚滚跌落。这真美极了！塔冉渤太太和儿子露面时也颇为不俗，他们从马车窗户探出头，仪态端庄高贵地冲着身边人脏兮兮的笑脸鞠躬。但这还不是最让人瞩目的事。让人瞩目的是，随着另一阵号声响起，巡游队伍突然停了下来；紧接着四周一片沉寂，所有人的目光都转向泥雾大厦，信心满满地期待着新的奇观。

"他们现在不笑了，詹宁斯先生，"尼古拉斯·塔冉渤说。

"我看他们不笑了，先生，"詹宁斯先生说。

"瞧瞧他们期待的样子，"尼古拉斯·塔冉渤说，"啊哈！接下来他们再笑就是表示对我们的赞赏了。是不是，詹宁斯先生？"

"毫无疑问，先生，"詹宁斯先生回答道。尼古拉斯·塔冉渤沉浸在愉悦的兴奋中。他从四轮马车上站起来，向身后的镇长夫人流露出满意的神色。

1　皇家近卫骑兵：皇家近卫骑兵是英国军队的皇家师，是以保卫国王或皇后为职责的军队。

当这一切正在进行时，赖德·忒格屈尊来到泥雾大厦的后厨，以便满足一下仆从们的好奇心，让他们私下里见一见自己即将震撼全镇的装束。不知怎的，男仆如此随和，女仆如此和善，厨娘如此友好；当他们一提出让忒格坐下吃点东西时，他就觉得盛情难却——这只不过是预祝主人成功顺遂的一点表示罢了。

这样一来，赖德·忒格身着一身黄铜甲胄坐在厨房的桌子上，喝着一马克杯的烈酒，祝镇长一切顺利，巡游大获成功。酒是随和的男仆拿给他的，费用则是毫不知情的尼古拉斯·塔冉渤承担的。当赖德取下头盔、啜饮着烈酒时，随和的男仆将头盔戴到了自己头上，逗得厨娘和女仆说不出的快活。随和的男仆对着赖德胡乱开起了玩笑，赖德则对厨娘和女仆轮流献殷勤。他们都又舒服又安适，那杯烈酒在几个人中间灵活地传来递去。

最后，巡游的人们大声招呼赖德·忒格过去。随和的男仆、和善的女仆和友好的厨娘手忙脚乱地把头盔安在他头上，之后他庄重地走了出去，出现在人群面前。

人群沸腾了——并非出于震撼，也非出于惊喜；毫无疑问、确凿无疑，这是哄笑。

"什么？！"塔冉渤先生说，从四轮马车中跳了起来。"哄笑？如果他们嘲笑一个穿着真的黄铜盔甲的人，他们自己的父亲垂危的时候，他们也会笑呢。他为什么不回到他自己的位置上去，詹宁斯先生？他朝我们滚过来做什么？这儿没他什么事。"

"只怕，先生——"，詹宁斯先生结结巴巴地说。

"只怕什么，先生？"尼古拉斯·塔冉渤说，直视着秘书的脸。

"只怕他喝醉了，先生，"詹宁斯先生回答说。

尼古拉斯·塔冉渤看了一眼那个向他们冲过来的奇怪身躯，随后拽着他秘书的胳膊，精神痛苦中发出了一声清晰的呻吟声。

令人悲哀的是，忒格先生已经获准，每穿上一片铠甲，就可以要求喝一杯朗姆酒。然而，不知怎的，他在一片慌乱中疏于计算，准备得又过于忙乱，每穿上一片盔甲喝下了四杯而非一杯酒的量。更甭提喝下的还是烈酒，真是雪上加霜。黄铜盔甲是不是妨碍了汗液的自然流淌，因而有碍于酒精的蒸发，我们不具备足够的科学知识，无从得知。但不管原因何在，忒格先生一走出了泥雾大厦的大门，就发觉自己醉得不轻，因此走路姿势很奇怪。这就够糟的了。然而，命运好像有意与尼古拉斯·塔冉渤作对似的，忒格先生本来已经一整月没有忏悔了；在这样一个最不方便忏悔的时候，突然心血来潮，觉得尤为伤感。大颗的眼泪从他的面颊上滚落下来，他就用一块蓝色带白点的棉手帕擦拭眼睛，徒劳地想要掩饰悲伤，——严格说起来，这件物什与一套约莫有三百多年历史的盔甲可并不相称。

"忒格，你这个无赖！"尼古拉斯·塔冉渤说道，完全顾不上自己是不是体面，"退下。"

"绝不，"赖德说道，"我是一个悲惨的可怜虫。我绝不离开你。"

围观的人听到这一宣言，理所当然地起哄起来，"没错，赖德，别走！"

"我不是故意的，"赖德说道，带着一股喝得微醺的人特有的执拗劲儿。"我很不幸，我是一个不幸家庭的悲惨父亲；但我很忠诚，先生。我绝不离开你。"一再重申了这一有担当的承诺后，赖德继续断断续续地对着人群长篇大论，说到了他在泥雾生活的这些年，说到了他的人品是多么值得尊敬，以及其他类似的一些话。

"嗨，有没有人能把他带走？"尼古拉斯说道。"事成之后，我一定好好酬谢。"

有两三个人走上前来，想要把赖德架走，这时秘书出面阻止了他们。

"小心！小心！"詹宁斯先生说。"对不起，先生，不过他们最好不要离他太近。因为，如果他摔倒，他肯定会压着别人的。"

听到这一提醒，人群从四面八方退到了一定距离开外，赖德就像德文郡公爵一样，被一个人留在一个小圈子里。

"但是，詹宁斯先生，"尼古拉斯·塔冉渤说，"他会窒息而死的。"

"关于这一点，我很抱歉，先生，"詹宁斯先生回答道。"但除非得到他自己的帮助，不然没人能脱下那套盔甲。从他穿戴盔甲的方式来看，我对此十分肯定。"

这边赖德哀哀地哭泣着，摇晃着他那戴着头盔的脑袋，那样子足以打动一副石头心肠；但围观的人群可没有石头心肠，他们笑得可开心了。

"天哪，詹宁斯先生，"尼古拉斯说道，一想到赖德可能会在那套年代久远的甲衣里被活活闷死，他的脸就变得煞白。——"天哪，詹宁斯先生，难道不能为他做点什么吗？"

"什么也做不了，"赖德回答道，"什么也做不了。先生们，我是一个悲伤的可怜虫。我是黄铜棺椁里的一具尸体。"赖德一臆想出这个充满诗意的念头就又哭开了。人们开始同情他，纷纷询问尼古拉斯·塔冉渤把人放进这样一架机器里，到底想干什么。有个身穿行李箱上盖似的毛茸茸背心的人，先前就表达过意见，要不是赖德是个穷人，尼古拉斯肯定不敢这么干。这会儿又话里话外地要把四轮马车给砸了，或是把尼古拉斯的脑袋给敲碎，要么就是两样一起砸碎了。而人们似乎也认为最后那个一锅端的提议是个挺好的主意。

但这一提议并没有实施，因为人们还没有来得及讨论这个问题，赖德·忒格的妻子就悄没声儿地突然出现在人群中。赖德一瞥见她的面容和身形，就出于习惯的力量，飞一般地向家里奔去，能跑多快就跑多快。在目前的情况下，他也跑不了太快。因为，不管一直以来他的双腿都是多么灵敏地支撑起他的身体，在黄铜盔甲的重压下，双腿也变得僵硬迟缓。这样一来，忒格太太就有足够的时间，当面斥责尼古拉斯·塔冉渤：

她认为他完完全全是一个怪物；还暗示说，如果她那受人欺压的丈夫因为黄铜盔甲受到了任何人身伤害，她就要告尼古拉斯·塔冉渤过失杀人。她一边气势汹汹地说着这些话，一边追着赖德而去。而赖德则一边拖着沉重的身躯拼命往前跑，一边用最悲伤的语气悲悼他的不幸。

当赖德最终回到家时，他的孩子们是怎样地号啕大哭、高声尖叫啊！忒格太太试着卸下盔甲，先试试这一块，又试试那一块，但她没法卸下来。于是她把赖德推翻在床上，头盔啦、防护甲啦、臂铠甲啦，一股脑地压上去。在全身披甲的赖德的重压下，床架发出了多大的嘎吱嘎吱声！尽管如此，床倒是没有散架。于是赖德躺在那儿，就像比斯开湾一艘不知名的船只，一直躺到第二天；[1] 全靠喝大麦水挨着，一脸苦相。他每一次呻吟的时候，他的好太太都说他自作自受。这成了赖德·忒格获得的仅有一点安慰。

尼古拉斯·塔冉渤和华丽的巡游队伍一起继续前行，直到抵达镇政务大厅，四周全是围观者的嘘声和嘀咕声。他们突然心血来潮，把可怜的赖德看成一个烈士。尼古拉斯正式就职了。他亲自发表了一篇演讲，以答谢这场就职典礼。这篇演讲由秘书执笔，篇幅很长，写得无疑很好。只是厅外人声喧闹，除了尼古拉斯·塔冉渤自己，没人听清了演讲的内容。随后，

---

1 "就像比斯开湾一艘不知名的船只，一直躺到第二天"：在爱尔兰作家安德鲁·切瑞（1762—1812）所写的《比斯开湾》一诗中，讲述者描述了他和他的同船水手们在法国西海岸和西班牙北海岸之间，一个风疾浪高、人所共知的海湾，如何被迫捱过一整夜的风暴："夜晚既阴沉又昏暗，／我们可怜的、忠心的小船，／到了第二天，她就躺在那里，／在比斯开海湾！"

巡游队伍想方设法返回泥雾大厦，尼古拉斯则与镇议会议员们共进晚餐。

但晚宴很是单调无聊，尼古拉斯很失望。镇议会议员们是一群沉闷又昏昏欲睡的老家伙们。尼古拉斯像伦敦市长一样发表了长长的演讲；不仅如此，他还和伦敦市长说了一样的话。但议员们那点儿喝彩声是怎么回事！那群人里只有一个人是完全清醒的，而他是个傲慢的家伙，居然称他为尼克。尼克！如果有人胆敢称伦敦市长为"尼克"，会有什么后果！想想奉剑官会怎么说，还有法官啦，仪式主持啦，以及伦敦市其他那些大人们会如何反应。他们都会叫他尼克！

但这些还不是尼古拉斯·塔冉渤最糟糕的行为。如果他所做的不过是上述这些事情，他可能直到今天都还在当他的镇长，会一直发表滔滔宏论，直到哑然失声。他忽然对数据产生了兴趣，又变得爱沉思冥想起来。对数据和沉思冥想的嗜好引得他行差踏错，做出的事情不仅让他愈加不受欢迎，也加速了他的下台。

在泥雾镇主街的街尾，紧临河畔的地方，矗立着一栋屋顶低垂、窗户面向河滩的老式风格房子。它名叫"快活的船夫"，房屋内部集酒吧、厨房和厅堂于一体。室内还有一个大壁炉，配有一只烧水壶。很久以来，在冬日的夜晚，劳作了一天的人们聚集在这里，一口口畅饮着美味的烈啤酒，聆听着小提琴和铃鼓的乐声；精神焕发、心情愉悦。"快活的船夫"得到了镇长和立法议会的定期许可，在室内可以演奏小提琴、敲击铃鼓。

从最年长的当地居民能够记事的时候起就一直是这样，从无相违。此时尼古拉斯·塔冉渤一直在阅读一些关于犯罪的小册子，以及一些议会报告，——也可以说，他让秘书把这些资料读给他听，效果上是一样的，——他马上认识到，相较任何才智之士能够虑及的原因而言，提琴和铃鼓更有可能加剧泥雾的道德堕落。于是他就这个话题做了不少功课，决心下次"快活的船夫"再来申领演奏许可的时候，他要把这些调查结果对立法议会予以公布，震慑他们一下。

批复许可的日子到了。"快活的船夫"的红脸膛店主走进镇政务大厅，看起来十分快活。实际上，他还准备为晚上的演出增设一架小提琴，庆祝"快活的船夫"的音乐许可纪念日。递交申请的手续合乎规程，本来理所当然就会得到批准。正在这时，尼古拉斯·塔冉渤站了起来，用滔滔宏论将惊诧的镇议会议员们瞬间淹没。他用充满感情的辞藻详尽渲染了他的故乡泥雾日渐堕落的现状，以及这里的人们所犯下的暴行。随后，他又坦陈当自己看着一桶桶的啤酒周而复始地滚进"快活的船夫"的地窖时，心里是多么震惊。以及他是如何一连两天坐在窗边，窗子正对着"快活的船夫"，来计算十二点到一点间去酒吧喝啤酒的人数的。——顺便说一下，这段时间正是泥雾镇大多数人吃饭的时间。随后，他继续说道，在 5 分钟的时间里，平均有 21 人端着啤酒杯从店里走出来；这个数字乘以 12，得出一个小时有 252 个人端着啤酒杯出来；再乘以 15（酒馆日间营业的小时数），算出每天有 3780 人端着啤酒杯；亦即每礼拜有 26，460 人喝啤酒。再之后，他继续说明铃鼓和道德堕落是同义词，而小提琴和种种犯罪倾向密不可分。为了强调和证明这些论点，他频繁参考了一本蓝色封皮的大书，又多处引用了米德尔塞克斯郡地方法官的话。最后，镇议会的议员们被数字弄得晕头转向，被演讲弄得昏昏欲睡，又十分悲惨地没吃到晚饭，没有力气和他讨价还价，只能在尼古拉斯·塔冉渤面前败下阵来，拒绝发给"快活的船夫"音乐许可证。

然而，虽然尼古拉斯取得了胜利，但是这胜利十分短暂。他对啤酒杯和小提琴发动了战争；却全然忘记了自己快活地喝着啤酒，伴着小提琴的乐声跳舞的时光，招来了人们的怨恨，他的老朋友们也都躲着他。他厌倦了富丽堂皇却孤独清冷的泥雾大厦，内心渴望回到温暖安适的驳船夫纹章酒吧。他从心底里希望自己从来没动过成为一名公众人物的念头。一想到在煤炭商店和烟囱一角度过的那些旧日好时光，他就忍不住叹息。

最终老尼古拉斯忍受不住内心的煎熬。他鼓起勇气，提前支付了秘书一个季度的薪水，随后打发他登上了下一班去往伦敦的马车。这么做之后，他戴上帽子，收敛起自己的骄傲，走进了驳船夫徽章那间熟悉的房间。那儿只有两个旧相识。当他主动和他们握手时，他们都冷冷地看着尼古拉斯。

"你接下来会禁止吸烟斗吗，塔冉渤先生？"一个人说。

"还是会把犯罪案件数目的攀升归结到烟草上呢？"另一个人压低声音愤愤地说。

"都不会，"尼古拉斯·塔冉渤回答道，不管两人是否情愿，都和他们握了握手。"我过来是想说，我很抱歉自己做了傻事。还有就是，我希望你能容许我再坐回我的老位子。"

老朋友们瞪大了眼睛，还有其他三四个老朋友打开了门。尼古拉斯眼中饱含着热泪，伸出手去，对他们说了同样一番话。他们爆发出一阵欢呼声，声音大得古老教堂塔楼上的大钟都再次振动起来。他们把尼古拉斯坐过的旧椅子推到那个温暖的角落里，把老尼古拉斯按倒在座位上，点了最大份的碗装热伴汁酒，还有数不清的烟丝。

第二天，"快活的船夫"获得了音乐执照。当天晚上，老尼古拉斯和赖德·忒格两人的太太伴着小提琴和铃鼓的乐声领头跳起了舞。经过短时间的歇业之后，两种乐器的曲调品质似乎得到了很大改善和提升，因为之前它们从不曾演奏出如此欢快的旋律。赖德·忒格从未这么露脸过。他跳起了角笛舞，还用下巴支起了椅子，用鼻子顶起了稻草。在座的人，包括镇议会的议员们，都对他的天分和才能崇拜不已、笑声连连。

而小塔冉渤先生迟迟下定不了决心要从事什么职业，只知道要做个大人物。于是他去往伦敦，以他父亲的名义四处挥霍。最后支票透支，又背上了债务。他这才心生悔意，回到家中。

至于老尼古拉斯，他信守了他的诺言，在经历了为期六周的公职生涯之后，便再也没有继续任职了。镇议会举行下一次会议时，他又到镇政务大厅睡大觉去了。不仅如此，为了证明自己真心实意，他还要求我们写下了这篇真实可信的故事。我们写下这个故事，以儆效尤；希望这个故事能够提醒其他地方的塔冉渤们，自我膨胀、骄傲自负并不是高贵。动辄对自己昔日乐于安享的小小娱乐嗤之以鼻，不过是因为他们想忘记那些还未发达时的日子罢了，这只会让他们成为被轻视、被嘲弄的对象。

这是我们第一次出版从这一出处获得的相关素材。也许，在今后的某个时间段里，我们会尝试着开始编写泥雾镇编年记。

泥雾镇万物促进协会第一次会议全程报告[1]

1 泥雾镇万物促进协会第一次会议全程报告：本篇和接下来的一篇文章是针对英国科学促进协会所写的讽刺文章。英国科学促进协会创立于1831年，经常被各类报刊嘲笑是"英国笨蛋"（笨蛋一词与该协会首字母缩写十分类似）。这两则故事里的通讯报道是对协会会议报道的戏仿，真实的会议报道在文学杂志《雅典娜》上刊出。

我们做出了前所未有、极不寻常的努力，想要为我们的读者们提供一份全面准确的会议记录，以说明日前在泥雾镇召开的盛大集会——泥雾镇协会的相关情况。我们很高兴地将会议成果以各种通信稿的形式罗列在读者面前，为此我们请我们有能力、有天分、文采斐然的记者们专门从现场传来文稿，其记录足以令我们、令他自己、令整个泥雾以及该协会在同一时间里永载史册。确实，一连好多天，我们都无法断定谁在子孙后代间留下的名气最盛：是派遣记者们参会的我们呢；还是撰写会议记录的我们的记者呢；抑或是让我们的记者有东西可写的协会呢。我们倾向于认为我们自己是所有人中最了不起的人，因为写作这篇独家报道又真实可信的会议记录可是我们的主意。但这也可能是偏见，源自对我们自身角色的偏爱，是对我们自己有利的判断。那就这样吧。我们毫不怀疑，这篇长篇报道中提及的每一位绅士都或多或少地被同样的问题所困扰。不过，我们至少与这些伟大的科学巨星们有着同样的情感，我们记录了这些才智过人、出类拔萃的杰出人物之思想。一想到这里，我们就倍感安慰。

我们按照收到信件的顺序将记者的来信罗列出来。如果想将这些信件糅合成一个漂亮的整体，只会破坏贯穿原文始终的热忱的语气，及那一丝丝不羁又鲜明的别致趣味。

泥雾镇　　　　星期一晚　　　　七点钟

我们都处于一个极为兴奋的状态下。大家满口谈论的都是即将召开的万物促进协会。旅店大门口挤满了侍者们，焦急等待客人们的预期到来。私人住宅的窗户里用胶纸封着许多小广告，提醒人们房子里有床位可供租赁。这一切让街道呈现出生机勃勃、喜气洋洋的面貌来。胶纸是五颜六色的，广告上印刷文字虽千篇一律，但手写文字的字体和字号各不相同，让广告不至于显得枯燥沉闷。有传言言之凿凿地称，呼噜教授、瞌睡教授和喘气教授已经在"猪与火绒盒"旅店预订了三个床位和一间起居室。我按照我所得到的消息原原本本将传言告知你们，但我目前还不能保证其准确性。关于这一有趣的事件，我一旦获得任何确凿消息，你们一定能即刻获悉。

七点半

我对"猪与火绒盒"的店主做了一次个人访谈，刚刚回来。他信心满满地说呼噜教授、瞌睡教授和喘气教授在会议召开期间很可能住在他的旅舍里，但又否认这些床铺目前已经被预订了。这一情况说明被收拾房间的女服务员证实了——她是个举止天真、相貌奇特的姑娘。擦鞋人否认呼噜教授、瞌睡教授和喘气教授可能会在这里住宿；但我有理由相信，这个人已经被对手旅店——"最初的猪"的店主所收买。在这种前后矛盾的证词中想要获知真相很难。但请你们相信，只要事实一经确认，你们就会获悉真实的信息。兴奋的情绪还在蔓延。半小时前，一个男孩从大街拐角处糕饼师傅店的窗户里跌落下来，引起了不小的混乱。总的印象是，这是一次意外。老天保佑事实就是如此！

星期二　　　中午

今天早晨早些时候，所有教堂的钟敲击了七下，提示七点钟。在当下全镇一派生机勃勃的情况下，这样做的效果是十分明显的。在我吃早饭的时候，一辆黄色的二轮马车，由一匹右眼皮上有一块白斑的暗灰色马拉着，向"最初的猪"的马厩方向疾驰而去。根据最新报道，这位先生来到此处正是为了参加协会。根据我听到的情况来看，我认为这是很有可能的，尽管关于他的任何确切消息我们还不得而知。你们可以感受到，我们以怎样的焦灼心情，期盼着今天下午四点时马车的到来。

尽管老百姓们处于十分兴奋的状态下，本地并没有发生任何混乱或暴行。这都要归功于警察们。虽然他们不见踪影，但他们谨慎小心，使得秩序井然，真是令人钦佩。一架手摇风琴正对着我的窗户演奏。成群结队售卖鱼和蔬菜的人们在街上走来走去。除此之外，一切都很平静。我相信会一直这样。

五点钟

已经确认，确凿无疑，呼噜教授、瞌睡教授和喘气教授不会蜂拥至"猪与火绒盒"住宿。其实，他们已经在"最初的猪"订了房间。这条消息可是独家的，我将它留给你和你的读者们自行揣测推断其中的信息。难以想象，世上这么多人，为什么偏偏喘气教授要跑去"最初的猪"，而不去"猪与火绒盒"，个中原因真是不易揣测。教授应该是个超然于这些小肚鸡肠的感情之上的人。有一些人公开将这种行为归咎于背叛，认为这明显是对呼噜教授和瞌睡教授背信弃义。而另一些人倾向于认为他们在整个事件处理中应免于任何责备，还暗讽过错完全在于喘气教授。我承认我更倾向于后一种观点。尽管指责和非难这样一位天分过人、成就不凡的人物让我深感痛苦，我还是必须说，如果我的怀疑有根有据，如果我所听到的所有报道都是真的，我真是不知该拿这件事怎么办。

以数据研究著称的鼻涕虫先生于今天下午四点抵达。他面色深紫，有持续叹气的习惯。他看起来状态极好，显得身体康健、精神饱满。木脑袋先生也乘坐同一交通工具到来。这位杰出的先生抵达时正在熟睡，护卫告诉我说他沿途一直在睡觉。毫无疑问，他在为即将经历的种种劳顿做准备。但这样一位人物，身体虽然处于麻痹状态，头脑中应该掠过了多么了不起的远见卓识啊！

访客的人数每一刻都在增加。我被告知（我不知道有多可信）两辆驿车已经在过去的半小时里抵达"最初的猪"。我亲眼看到了一辆独轮手推车，里面装着三个毛毡旅行袋和一捆物什，不到五分钟前驶进"猪与火绒盒"的院子里。人们仍然平静地从事着他们日常的营生；但他们的眼中有一丝狂热，面部肌肉有种不寻常的僵硬。观察敏锐的旁观者可以看出，他们的期待已经被擢升到前所未有的高度。我担心，除非今夜有不寻常的人物驾到，否则这种大众的骚动可能会招致一些不良后果，会令每个见识不凡、情感丰富的人大为痛惜。

六点二十分

我刚刚听说，昨晚从糕饼店窗口跌落的那个男孩已经死于恐惧。别人突然要求他为造成的损失赔偿3镑6便士。看起来，他那副身板还不够结实，扛不住这种打击。据说验尸工作将于明天进行。

七点四十五分

皮手笼教授和劣矿教授刚刚驱车来到了旅店大门口，他们立刻屈尊预订了晚餐。他们文雅的举止，以及他们适应寻常生活礼节的那份从容都令我们十分高兴。他们一抵达就叫来了领班侍从，悄悄地请他买一只活狗，——要尽可能地便宜——晚饭后连同一个切馅饼的砧板、一把小刀和一把叉子一起送上来。据猜测，今晚他们会对这只狗做些实验。如果有更多的细节透露出来，我再通过特快专递呈递给你。

八点半

所需动物已经捕获到了。是一只狮子狗，看样子很聪明，身体很健康，四条腿很短。他被拴在了一间昏暗的房间里的窗帘钩上，一直狂吠不止。

八点五十分

先生们打铃让把狗送上去了。而狗直觉灵敏，看上去几乎像是理性思考得出了结论似的。当侍者一步步走近、想要捉住他时，这只聪明的动物扯住了侍者的小腿肚子，做了孤注一掷却最终无果的抵抗。我没能获准进入到这套科学家们居住的房子里去。但当我站在门外的楼梯口时，从我耳朵能捕捉到的声音判断，我想说，刚才这只狗已经退到某件家具下面，一直在狂吠，教授们不得近他的身。这一猜测通过旅馆马夫的证词得到了证实。他从钥匙孔里往里看过，还向我保证说，他清清楚楚地看到劣矿教授跪在地上，手拿一小瓶氢氰酸递出去；而那只动物则蜷缩在一把扶手椅下面，死也不肯嗅一嗅那个瓶子。你想象不到我们当时是怎样的兴奋狂热、坐立不安，唯恐科学的发展大计因为一只未经驯化的畜生的偏见被耽误。它又没有足够的见识，可以预见到己方一点小小的让步可能给整个人类带来怎样难以估量的益处。

九点钟

狗的尾巴和耳朵已经被送下楼清洗了；从这一情况来看，我们推测这只动物已经不在了。他的前腿也被送到擦鞋人处擦拭，这加深了我们的怀疑。

十点半

过去一个半小时里所发生的一切令我的情绪十分激动，让我几乎没有力气详细描述快速发展的事态。所有知晓这些事件的人也都深感困惑、不知所措。好像我之前提到的那只狮子狗是偷偷摸摸地捉来的——事实上，是偷的。在马厩工作的某人，从住在镇上的一位单身女士那里偷来的。这位女士发现她的爱宠弄丢了之后，情绪失控，心烦意乱地冲到大街上，用最悲惨、最令人心碎的姿态请求行人们帮她找到她的奥古斯都——为了深情缅怀女主人逝去的爱人，那只逝去的狗被冠以这个名字。那只狗和逝者惊人的相似，这让整件事尤为令人动容。我现在还不宜告诉你们是什么事情诱使这位遭受丧亲之痛的女士向事发旅店走去，正是在这间旅店里，她的爱宠曾垂死挣扎过。我只能说，当她到那儿的时候，他遭肢解的躯干已经被装在一个小托盘里，正被人托举着经过走廊。她的尖叫声现在仍在我的耳边回荡！我很沉痛地告知各位，皮手笼教授表情丰富的面容被这位受到伤害的女士又抓又挠；而劣矿教授除了受了几处严重的咬伤，还被她抓掉了好几把头发。想想这些不愉快的后果都源于他们对科学研究的一片热忱，这对这些先生一定是不小的安慰。国家对他们心怀感激、深表同情，也定会好好补偿他们所受的伤害。那位不幸的女士就一直待在"猪与火绒盒"。有报道称，截至目前，她都处在情绪十分不稳定的状态下。

无须赘言，这场让人始料未及的灾难给处在兴奋和喜悦中的我们蒙上了一层阴影。任何类似的情况下，这种情绪都十分自然。但在这件事中，因逝去的这只动物具有许多讨人喜欢的品性，所有熟悉他的人都认为他十分值得尊重，所以人们的情绪尤为低落。

十二点钟

在封上包裹前的最后一刻，我要告诉你，那个从糕点店窗口跌下来的男孩没有死，情况与众人普遍认为的不同，他活泼泼的、状态好得很。之前的报道失实主要是因为他神秘失踪了。半小时后，他在一家糖果店的店铺里被人发现了。那儿正要举行一次抽彩活动，奖品是一顶二手的海豹皮帽子，还有一只铃鼓。一开始，抽彩没有凑够足够的人——他就耐心地等待，直到人都来齐了。这一幸运的发现多多少少让我们重拾了几分欢快振奋的心情。有人建议应该马上安排为他捐款。

每个人都又紧张又焦躁地想看看明天会发生什么。我已经下了严格的指令，如果有人在今天夜里抵达，一定要马上叫醒我。诚然，我应该通宵守夜；但经历了白天里那些让人心情激荡的事件后，我再也熬不住了。

不管是呼噜教授、瞌睡教授还是喘气教授都没有消息传来。这真是很奇怪！

星期三下午

现在一切尘埃落定。至少在一件事上，我终于能够让你的读者们安心了。三位教授于两点十分抵达。他们并没有像昨天众人坚信的那样，在"最初的猪"住宿下来，而是直接驱车去了"猪与火绒盒"。一到那儿，他们就卸去所有伪装，公开宣布了他们留宿的意愿。喘气教授可以将这极不寻常的举动归于他所持有的"公平公正交易"的观念，但我建议喘气教授谨慎行事，不要拿他辛苦建立的声望冒险。你自然会询问，像呼噜教授这样的人，更有甚者，像瞌睡教授这样的人，怎么会默许自己掺和到这整件事中。在这个问题上，大家都缄口不言。我有我自己的揣测，但目前还需克制，还不能说出来。

四点钟

镇里很快挤满了人；以十八便士的价格预订一张床位都会被拒绝。昨晚好几位先生不得不睡在砖厂里，或是睡在大门前的台阶上。为此他们一群人一大早就被带到治安官面前，随后被当作流浪汉投进监狱，处以时间长短不一的监禁。我听说这群人中有一位深受人敬佩的焊炉匠，手艺极好。他之前曾投寄了一篇论文给 D 部医药科学部的主席，论文是关于如何用铜质底座和安全阀制作一只小壶的，文章获得了极高的赞誉。这位先生被监禁一事真是令人遗憾。因他缺席，探讨这一话题再无可能。

四处的传单都被取下来了，住宿的地方只要能够提供房间，任何价码都可以开出来。我听说有花 15 先令预订两间房的，为期一周，还不包煤炭钱和服务费，但我觉得难以置信。人们的亢奋情绪极为高涨。我今天早上得到了消息，行政当局担心大众情绪突然爆发，已经雇用了一位中士和两位下士，命令他们持械处于戒备状态。为了不让民众因为他们的出现而受到不必要的惊扰，他们接到指令，仅在天亮前距镇上四分之一英里的高速路上执行任务。能够以如此的魄力，如此迅速地采取措施，是怎样赞誉都不为过的。

我刚刚获悉，一位年长的女性，在醉酒的状态下，公开在大街上宣布她要"教训"鼻涕虫先生。据推测，这位先生编写了与本地生烈酒消费相关的一些数据报告，可能引起了这个可怜人的敌意。雪上加霜的是，聚众围观的一群人对此大声起哄叫好，其中一人胆大妄为，给鼻涕虫先生安上了"老古板"这样无礼的绰号！真心希望，当下，当需要政府干预的时刻到来的时候，治安官们不要退缩畏惧，不敢行使我国宪法赋予他们的权力。

十点半

我很高兴地告知你，这场骚乱已经被彻底平息，带头肇事者也已经被收监。肇事者戴上镣铐之前，兜头被泼了一桶冷水，随后表达了强烈的悔意和不安。我们都热切地期待着明天的到来。然而，既然过不了几个小时协会就会召开了，我们终于可以享受杰出的与会者置身于我们中间所带来的自豪感了，我希望并相信一切都会平稳顺利地进行。我会托夜间出发的驿站马车，给你捎来明天会议进程的完整报告。

十一点钟

我再次打开这封信，只是想告诉你，自我封上信封之后，没有任何事情再发生。

星期四

今天早上，太阳按照寻常的时间升起来了。我倒没有发现这颗光灿灿的星球外表有什么特别之处，只是在我看来（这也可能是我夸大的幻想和错觉）阳光比平常更为耀眼，灿烂的华光笼罩着整个镇子，我之前从未注意过这番景象。更不寻常的是，天空万里无云，空气也极为清新。九点半钟，组委会召集成员，召开大会，会议由去年的主席主持。会议宣读了委员会报告，其中一段写到，委员会与至少 3571 人联络过（所有人都自己承担了邮费），就至少 7243 个话题交换过意见。听众对此表现出难以遏抑的热情。会议还成立了各委员会和各部门。在处理完一些正式事务后，会议流程于十一点整点开始了。彼时我很高兴地在下面这处地方占到了一个最中意的位置：

A 部门——动物学和植物学　　"猪与火绒盒"大厅
主席——呼噜教授　　副主席——瞌睡教授和喘气教授

此时的场景尤为引人注目。阳光从房间的窗户里倾泻而下，用灿烂的光线将整个场景晕染成金色，也将教授们和科学家们高贵的面容如浮雕般凸显出来。他们中有些人秃头，有些人红发，有些人棕发，有些人白发，有些人黑发，有些人木脑瓜，济济一堂的样子给所有亲见者都留下了难以忘怀的一瞥。这些先生们面前摆放着纸张和墨水台。房间四周是尽可能延展的台阶式长凳，上面坐着一群光彩照人、可爱高雅的女士。平心而论，说起美丽的女士，泥雾在世界上可是公认的罕有匹敌的。她们白皙的脸庞与科学家暗色的大衣和裤子对比如此强烈，我在记忆存续的年岁里都会不断想起这一幕。

由于讲台的大部分地方突然塌陷，主办方需要一些时间平息这场小小的混乱。主席叫来一位秘书，宣读了一封书信，名为《关于勤奋的跳蚤的几点看法；鉴于该群体在社会上为数甚众，需考虑为其设立育儿学校的重要意义；加以引导，勤以致用；社会剩余水果可供其食用，使其能够安度晚年》。

作者称，他长期关注这些有趣的动物的道德和社会状况，又经人引荐参观了伦敦摄政街的一次展览，人们一般将这次展览称为"勤奋的跳蚤"[1]。在那儿他看到了很多跳蚤；当然，它们都有各自从事的活动和嗜好。但是，他很肯定地补充说，它们从事这些活动的方式却让所有有教养的人感到难过和遗憾。有一只跳蚤沦为了一头拉货的牲口，拖拽着一辆微型马车，马车上放着一幅极小的威灵顿公爵的肖像画。而另一只跳蚤则踉踉跄跄地背负着他的死对头拿破仑·波拿巴的金质塑像。有些跳蚤自幼被教会了变戏法和跳芭蕾舞，那时，他们正在表演一段花式舞蹈（他很遗憾地说明，表演舞蹈的跳蚤里，好几只都是女性）。另一些跳蚤正在一个小的纸板做的盒子里练习步行——这都是些只热衷于运动的角色——事实上，有两只正忙于进行既冷血又野蛮的决斗；而对这一运动人类可是深感恐惧

---

1 "勤奋的跳蚤"：摄政街的一个跳蚤马戏团，设立于1832年。跳蚤马戏团是一种穿插表演。演出中，真实的昆虫会在他人驱使下表演各种技艺，比如拖拉小小的双轮车，划小小的木船，以及两两决斗等。

和厌恶，避之唯恐不及的。他建议，我们应该立即采取措施，利用这些跳蚤的劳动力，使之成为国家生产力不可或缺的一部分。通过为他们设立幼儿园和工厂，这一点是很容易做到的。在这一体系下，我们应系统地实施建立在合理原则之上的美德教育，严格地、反复地灌输道德戒律。他建议说，任何一只跳蚤，如果未经许可，就擅自表演音乐、舞蹈或其他种类的剧场娱乐项目，就应该将之视为流浪汉，并按对待流浪汉的办法对待之。在这一点上，他只是将他（跳蚤）与其他人类一视同仁罢了。他还进一步建议说，他们的劳动应该由国家控制和监管，而国家应该从获得的利润中匀出一些，设立基金，抚恤老迈或丧失劳动能力的跳蚤、他们的遗孀及遗下的子女。鉴于这一点，他提议修建一处济贫院，并为所有设计方案中的三个最佳方案提供额度不定的奖金——众所周知，昆虫的建筑可是非常先进、非常完美的——从中我们可以获得很多宝贵的经验，用以提升我们各大都市中大学、国家美术馆，以及其他公共建筑的艺术品位。

主席希望知晓这位天才绅士首先打算如何与跳蚤们进行广泛的交流，这样他们就可以充分认识到改变生活方式能带给他们的种种益处了，随即就可以投身于诚实的劳动了。在他看来，这是计划实施中唯一的难点。

作者则认为这一困难是很容易克服的，或者说，这一情况压根就不构成什么困难。如果可以说服政府采纳这一计划，显然，我们致力的这项事业就能获得资金保障，他所提到的那位在他拜访期间主持摄政街展览的那位先生就能获得薪酬收入。那位先生就能立即开始与广大跳蚤们进行交流，指导他们施行一些常规的教育计划。这些计划会呈交议会进行核准，直至他们中较为聪颖的一些取得了长足的进步，能够对其余跳蚤履行为师的职责。

主席和本部的几位成员高度赞扬了刚刚宣读的论文的作者，称他的论文极富独创性，也极为重要。他们决定，这一话题应该交由委员会立即研究。

韦格斯比先生展示了一株比马车篷盖还大的菜花，培育过程中没有使用任何其他的人工手段，只是简单地用富含二氧化碳的苏打水作为肥料。他解释说，挖出菜花的菜头，我们就获得了一种全新的、美味的植株，可以为贫苦的人们提供滋养；我们也可以马上得到一枚降落伞，使用原理与加纳林先生[1]所造的那枚颇为类似。植株的茎当然是要一直朝下的。他补充说，他完全愿意从不低于三又四分之一英里的高度降落一次；事实上，他也已经向沃克斯豪尔花园[2]的业主们提出了这一建议。而他们也已经立刻慷慨应允了他，并指定了明年初夏的某天进行这场表演。他们只是规定说，菜花的边缘部分需要事先打开三四个缺口，以确保降落安全进行。

主席对即将为公众举办的这场盛会表达了他的祝贺之情，并热情地赞扬了之前提到的那处花园的业主们，赞扬了他们对

1　加纳林先生：安德烈·雅克·加纳林（André-Jacques Garnerin）（1769—1823）第一位成功跳伞的人。
2　沃克斯豪尔花园：肯辛顿的一处乐园，坐落在泰晤士河的南岸。

科学的热爱，以及对人类生命安全的深切关怀。两种情怀都应该获得最高的赞誉。

委员会的一位委员希望知道，跳伞之后的那晚，这处皇家产业需要额外开启多少盏灯光照明？

韦格斯比先生回答说，这一点还没有最终确定。但他相信有人建议说，在日常照明的基础之上，还应该摆出各种照明设施，相当于额外增加八百五十万盏灯光照明。

该委员表示自己对这一声明很满意。

布朗德兰先生呈上了一篇极有趣、极有价值的文章，名为"博学多才的猪的生命最后时刻"，把本部的听众都逗乐了。这篇叙述由这头猪最喜欢的侍者的个人回忆改编而来，给大会听众留下了非常深刻的印象。文章着重强调，这头动物的名字不是托比，而是所罗门。文章还清清楚楚地证实，并非像许多别有用心的人所误传的那样，他没有与他职业相同的近亲，因为他的父亲、母亲、兄弟和姐妹，已经在不同时期沦为屠夫刀下的牺牲品。他确有一位叔叔，人们费了老大的劲儿在萨默斯镇[1]的一个猪圈里找到了他，但那时他身体十分虚弱，饱受麻疹折磨，随后很快就消失了。种种迹象让人不禁揣测，他已经被制成了香肠。博学多才的猪所患之病原本只是重感冒；但由于他过度沉溺于口腹之欲，病情加重，最后感染了肺部，导致身体日益衰弱、病重不治。文章还记录了一件事例，这头动物对自己大限将至产生了令人伤感的预感。他先是为一群人数众

1　萨默斯镇：伦敦北区的一片区域。

多、衣着时尚的观众表演，表演令人满意，过程中看不出有任何精力不济之处；随后，他注视着为他作传的人，然后转向放在地上的一只表。他一惯用那只表指认时间，这次却有意两次用鼻子摩挲表盘。那之后整整过了 24 小时，他就逝去了！

喘气教授询问道，在去世之前，这只动物有没有通过标记或其他的一些方式，表达如何处置他那点财产的意愿？

布朗德兰先生回答说，当传记者在演出结束后拾掇起一副纸牌时，那头动物以非常意味深长的模样"哼哼"了好几次。他连连点头，平日里他心满意足的时候总是习惯这么做。从这些表示来看，人们觉得他想让侍者留下那副牌，于是侍者就留下了那副牌。而关于手表该如何处理，他没有表达任何意愿，于是表就被侍者典当掉了。

主席希望知道本部门有没有人见过或与一位猪脸女生交谈过。有报道称，她戴着一块黑天鹅绒面罩，在一个金质食槽里用餐。

一阵迟疑之后，有成员回答说，那位猪脸女士正是他的岳母，他相信主席先生不会想要干涉他人不容侵犯的私人生活。

主席请求他的原谅。他把猪脸女士当成了一位公众人物。为了促进科学的发展，那位尊敬的先生是否介意告知，她与博学多才的猪是否有什么亲缘关系？

那位成员用同样低沉的语气回答说，这一问题似乎牵涉出一项怀疑，博学多才的猪可能是他的内弟。他必须拒绝回答这个问题。

B 部门——解剖学与医学 "猪与打火匣"之马车房

主席——托雷尔博士 副主席——皮手筒教授和劣矿教授

库坦卡曼博士（来自莫斯科）向本部门的与会者宣读了一份经他亲自治疗的病例的诊治报告。报告汇报了他成功治愈一例罹患致命疾病病患的经过，以实例有力地证实了医学的力量。他于 1837 年 4 月 1 日出诊探访患者，彼时该患者正饱受折磨，种种症状足以让任何一位医者触目惊心。他体格壮硕，肌肉发达，步履沉稳矫健，双颊红润饱满，声音洪亮，食欲旺盛，脉搏规律有力。他一直习惯于每天吃三餐饭，二十四小时内豪饮至少一瓶酒，外加一玻璃杯掺水的烈性酒。他总是大笑，笑得如此开怀，令人听起来都害怕。通过强效的药物治疗、饮食控制和放血治疗，三天的疗程结束后，这些症状明显减弱。严格执行这套治疗方案不过一周时间，辅以小剂量的稀粥、清肉汤和大麦水后，这些症状完全消失。一个月的疗程结束后，他已经恢复到能被两个护士抬下楼的程度，也能靠在柔软的枕头上，乘坐着密闭的马车，出门透透气了。目前，他身体已经大好，甚至可以仅仅借助一根拐杖和一名童仆，四处走走了。他吃得少，喝得少，睡得少，不管什么场合再也不哈哈大笑了；知悉这一切，本部门的与会者们想必会很满意吧。

W.R. 费博士先是恭维了这位受人尊敬的与会者一番，盛赞了他所实施的成功疗法，然后恳切地询问这位患者是否仍流血不止？

库坦卡曼博士给出了肯定的答复。

W.R. 费博士——您是否发现他在整个治疗过程中都血流不止？

库坦卡曼博士——哦天，是的，一直血流不止。

尼肖特博士推测说，如果患者不是服从安排，甘愿并持之以恒地接受放血治疗，如此不凡的治疗方案很难实现。库坦卡曼附和道，确实如此。

莱特·贝尔先生（皇家外科医学院成员）展示了一套人体器官的蜡制备像，器官的主人是一位幼时误吞了一把门钥匙的先生。离奇的是，一个行为放荡的医学生因参加尸体解剖考试，那时正在现场。他找到方法，把那段清晰地印有钥匙模型的腹部模型，神不知鬼不觉地带出了房间。他带着模型匆匆找到某个锁匠，那人用呈给他的图样制了一把新钥匙。医学生拿着这把钥匙进了那位已故先生的家门，肆意洗劫了里面的财物。因为这一罪行，他随后受到了审判，并被处决。

主席希望知道，这么多年过去了，那把原配钥匙怎么样了。莱特·贝尔先生回答说，那位误吞钥匙的先生生前嗜好饮潘趣酒，钥匙应该是逐渐被其中的酸性物质腐蚀掉了。

尼肖特博士和一些与会者认为，钥匙压在那位先生的肚子里，一定又冷又沉的。

莱特·贝尔先生认为，一开始肯定是这样。不过需要言明的是，那位先生多年来一直被噩梦所困扰，在噩梦的影响下，他总觉得自己是酒窖的一扇门。

皮手笼教授讲述了一个不同寻常、令人信服的例子，说明微量药剂系统可以产生怎样神奇的功效。本部门的与会者想必知道，这一例证的理论基础是，任何微量的特定药物，如果按适当比例散布于人体结构中，将会产生与大剂量药物按常规方法用药完全一样的效果。因此，四十分之一格令的甘汞应该等同于一片5格令的甘汞药片。如此这般，所有药品都可按比例类推。他用一种奇特的方式，在一位因头部受伤入院治疗的旅馆老板身上做了实验，患者在短得惊人的三个月内，在微量制剂的作用下痊愈。此人嗜酒如命。他（皮手笼教授）将三滴朗姆酒溶入一桶水中，要求那人全部喝下去。结果怎样？他还没喝下一夸脱的溶剂，就烂醉如泥了。还有五个人喝下了剩下的溶剂，都醉得不省人事。

主席希望知道，一剂微量的苏打水可否让他们清醒？皮手笼教授回答说，二十五分之一茶匙的苏打水，只要以适宜的方式让每位病人服下，就可以让他们立刻清醒。主席评论说，这可是个非常重要的发现。他希望伦敦市长和市政厅能够立即资助这一发现。

一位参会者请求告知，有没有可能将二十分之一格令的面包和奶酪分发给所有的成年贫民，将四十分之一格令的面包和奶酪分发给儿童，效果仍像目前他们享有的定额那样令人满意。

皮手笼教授甘愿以他的职业声誉打赌，证明以此等量的食物供养人的生命——济贫院里的人们的生命——是完全足够的。如果能一礼拜两次，给他们各添上十五分之一格令的布丁，那饮食就很丰富了。

劣矿教授请本部门的与会者关注一例很不一般的生物催眠术。施术者仅仅是从宽阔的街道一边，看了看街道对面的一位私家守门人，受术人立刻表现出昏昏欲睡的慵懒状态。之后，他被人一路跟随，来到了他的小隔间里。施术者只是轻轻地搓了搓他两手的手心，他就沉沉地睡了过去，并且持续睡了十个小时，中间一次也没有醒来。

C 部门——统计学　"最初的猪"之厩楼
主席——木烛台先生　　副主席——铅脑袋先生和木疙瘩先生

鼻涕虫先生向本部门的与会者们汇报了他就伦敦的中产阶级儿童教育现状，劳心费力地做出一系列测算的结果。他发现，在大象城堡方圆三英里之内，主要流通的儿童读物的书名与数量如下：

巨人杀手杰克	7，943 册
杰克与豆茎	8，621 册
杰克与十一个兄弟	2，845 册
杰克与吉尔	1，998 册

共计：21，407 册

他发现《鲁滨孙漂流记》比《菲力普·夸尔》的比例是4.5∶1，《瓦伦丁和奥森》比《两只小好鞋的故事》也具有数量上的优势，比例为 318 ：12。比较《七战士》和《单纯的西蒙》的数量结果也类似。[1] 而因此导致的无知泛滥很是令人悲哀。有一个孩子受访时被问及他是愿意成为英格兰的圣乔治，还是做个受人尊敬的牛油烛小商贩。他立刻回答说："英格兰的圣乔治。"统计者还发现，另一个八岁大的小男孩坚定地相信着龙的存在；并公开声称，自己打算长大后就手持宝剑、勇往直前，去解救被困的公主，还要肆意斩杀巨人。受访的孩子中无一人听说过蒙哥·帕克[2]，——有孩子问他是否和打扫十字路口的那个黑人有什么渊源，其他一些孩子问他与摄政公园有没有什么联系。他们对最常见的数学原理没有丝毫概念，还认为水手辛巴达是世界上最有胆识的航海家。

　　一位与会者强烈反对了上述书籍的流通和阅读，但认为《杰克和吉尔》也许可以免于受此责难。因为故事一开篇，就讲述了男女主人公上山担水的经历，这可是又费力又有用的营生——比如，假设家里的亚麻需要清洗的话。

1　"他发现……结果也类似"：《隐士：又名菲力普·夸尔先生——一个英国人难以匹敌的磨难和令人惊叹的冒险》（1727）是一个颇为流行的冒险故事，一般认为是彼得·朗格维尔所作。小说讲述了同名主人公夸尔在南海一座小岛上长达五十年的孤独生活。这一描述显示，它和丹尼尔·笛福（1660—1731）所写的《鲁滨孙漂流记》（1719）高度类似。《瓦伦丁和奥森》是一则中世纪法国罗曼司，讲述了一对出生时旋即分开的双胞胎的故事。两人中一个被抚养成为一名骑士，另一个被熊群抚养长大。这一故事有多个英语版本为英国读者所知，最早的一个版本可追溯至 1550 年前后。《两只小好鞋的故事》是《灰姑娘》传说的一个变体，在 1765 年由"儿童文学之父"约翰·纽伯瑞（1713—1767）匿名出版，成为当时最有名的童话故事之一。《七战士》可能指的是理查德·约翰逊（1573—1659）所写的《基督教七战士著名故事》。该书讲述了欧洲国家的七位守护圣徒的故事，其中包括英格兰的守护圣徒，圣乔治。《单纯的西蒙》是一则英国传统儿歌。

2　蒙戈·帕克：蒙戈·帕克（1771—1806），苏格兰裔非洲探险家，以循着尼日尔河的河道寻找河源而闻名。

鼻涕虫先生担心这一段的道德教化效果远远不能抵消诗歌接下来一部分的负面影响。在后一段，女主人公被母亲亲自严加训斥，因为她嘲笑杰克的厄运。

这种语气对大众而言是非常粗俗的暗示。此外，全作有一个大大的缺点：不真实。

主席赞扬了这位值得尊敬的与会者，因他对该书的优缺点区分得很清楚。其他几位与会者也详细论述了向孩子们灌输事实和数字（除此无他）的必要性和紧迫性。主席着力指出，本部门的与会者能有目前的成就，正是得益于这一教育过程。

鼻涕虫先生随后汇报了关于伦敦的狗食肉手推车的一些奇妙的测算结果。他发现，在这座国际大都市中，用于向猫儿、狗儿分发口粮的小型四轮推车和两轮手推车的总数为1，743辆。每天，每辆狗食四轮推车或二轮推车连同狗（猫）饲料一同派发出串肉扦平均数为36根。如此，推车数乘以如此派发出去的肉扦子数，可以得出每日派发出的串肉扦的总数为62，748根。即便在这62，748根串肉扦中，只有零星的2，748根会偶尔连同肉一起被最最贪吃的动物吃掉。随之而来的情况会是，每天有60，000根串肉扦，或每年有多达2，190万肉扦子都在伦敦的犬舍和垃圾场里被白白浪费掉了。如果把这些肉扦子收集并储存起来，十年之内，就能省出大量的木材，为皇家海军建造一艘一等一的战舰都绰绰有余。这艘战舰可以被命名为"皇家肉扦子号"，名头会响到令这个岛国的所有敌国闻风丧胆。

X. 铅脑袋先生宣读了一篇非常有新意的通讯。文章称，约克郡一个大城镇从事制造业的人口拥有的人腿的总数，大概为 40，000 条。然而，他们居所中椅子和凳子腿的总数只有 30，000 条。即便是按一个座椅三条腿这一非常有利的平均数来算，这些木腿统共也只能支撑 10，000 个座位。从这一计算结果看来，即便每个人都有两条腿，不考虑木质和软木制的假肢存在，一万人（人口总数的一半）要么双腿完全得不到休息，要么闲暇时得终日坐在盒子上。

D 部门——机械科学　　"最初的猪"之马车房
主席——马车夫先生　　副主席——货车先生和吹号角先生

奇点教授展示了一个精巧的便携式火车的模型。它很齐整地镶嵌在一个绿色的匣子里，大小刚好可以放进马甲口袋。任何一位银行[1]职员或公务员，只要将这一漂亮的装备装在他的靴子上，都可以以每小时六十五英里的速度，轻轻松松地将自己从住处运送到办公地点去。这对于从事办公室工作的先生们来说，可是难以估量的好处。

主席想要知道是否需要搭一个平台，供这些先生们奔跑。

奇点教授解释说，住市里的先生们可以在火车上跑。跑的时候将他们用手铐铐在一起，免得导致混乱局面或引起不愉快。比如说，每天早上八、九、十点钟时，火车可以从卡姆登

1　银行：英格兰银行，坐落于伦敦市。

镇、伊斯灵顿、坎伯威尔、哈克尼，和其他许多市里的先生们常住之地发车。铺一条平坦的路当然是有必要的；但为解决这一困难，他建议，如条件允许，最好的线路应该途经大都市各街道地面下的各个下水管道。这些下水管道被它们正上方的燃气管道出气口的灯光照亮，可以成为宜人又宽敞的拱廊便道。尤其在冬季，目前人们普遍习惯带雨伞，这是很不方便的。如果拱廊建成，这一习俗就可以完全摒弃了。至于另一个问题，奇点教授回答说，该怎样另觅方法，替代那些拱廊便道，以延续它们目前的效用，他还没有想到好点子。但他希望不要因为这一点招致任何不切实际的反对意见，阻碍这么了不起的项目施行。

约巴先生展示了一台锻压机，用来实施一项新奇的计划，将合资的铁路股票哄抬至高价。这台仪器外形炫目，形似有着漂亮镀金外壳的晴雨表，机器内部由拉线操纵，就像童话剧里的把戏那般。拉线攥在仪器的所有者——公司的董事们手中。仪器内非常巧妙地装有水银，当执行董事们持有股票时，玻璃屏面上显示出数字，指示极小的花费和极大的回报。但当董事们抛出股票时，预计所需花费会突然极大地增长，而利润的数值则显示，特定利润也会以相同的比例缩水。约巴先生称，过去几个月来，为满足需求，这台机器一直持续工作。据他所知，机器一次也没有失误过。

一位与会者发表了自己的看法，他认为，这台机器真是太简洁高效、太美妙了。他希望知道机器是否会发生偶尔失灵的情况？约巴先生说，整台机器毫无疑问有可能失灵，但这也是它唯一的缺陷。

劣矿教授从解剖学部赶过来，展示了一个安全太平梯的模型。这一设备不论何时都可以在半小时内安装完毕。通过它，最年幼、身体最羸弱的人们（首先必须成功地抵御火势的蔓延，直到安全梯架好）如果能在卧室的窗台上保持几分钟的平衡，在不跌落大街的情况下登上安全梯，他们的性命就能得以保全。教授指出：这台机器大白天从没有着火的房子里救出过许多男孩，人数令人难以置信。在过去的几个月里，在伦敦的任一场火灾的次日，安全梯都会被搬到火灾现场，在一大群人的注视下投入使用。

主席询问道，在特别紧急的情况下，要确定哪一端是机器的顶部，哪一端是尾部，会不会有些困难？

劣矿教授解释说，当有火灾发生时，当然不能指望机器运行得和没火灾时一样好。但在火灾发生时，他觉得不论顶部朝上还是朝下都可以一样使用。

写完最后一个部分后，我们的通讯记者结束了他最为出色、最为忠实的报告。这一报告充分反映了他在科学方面的成绩，反映了我们永不停歇的进取精神，这些贡献会一直在文字中留存下去。我们无须回顾业已讨论过的话题，或研讨分析问题的模式，或这些话题所牵引出的真相。这些记录现在就陈列在世界面前，我们把它们留给读者去阅读、思考和获益。

明年会议的地点经过讨论，已经最终确定。考量的主要方面和采集的主要证据包括当地所产的酒品是否香醇，市场供货是否充足，居民是否热情好客，旅店设施品质如何。我们希望明年开会时，我们的通讯记者能够再次出席；我们也能再次将他的通讯稿公之于世。在那之前，经不住旁人苦苦相劝，我们允许将这一期文集零售给公众，或批发给业内，价格与以往的价格并无差异。

我们只想补充说明一点，组委会现在已经解散，泥雾镇再一次回复到它惯常的宁静状态中——教授们和与会者们开过舞会、开过晚会、用过晚餐、相互恭维过，最后回到他们各自的家中，——愿美好祝愿和快乐心境与他们常相伴，直到明年的到来！

签名：博兹[1]

---

1 博兹：狄更斯在早期作品中所用的笔名。

泥雾镇万物促进协会第二次会议全程报告

去年十月，我们非常荣幸地承担了一项流芳百世的工作。我们耗资甚巨，做出了期刊出版发行史上前所未见的努力，记录了泥雾镇万物促进协会的整个会议流程。该会议当月召开了第一次大型半年会议，让整个帝国都欣喜不已并为之惊叹。在那份卓尔不凡、极为出色的报告结尾处，我们宣布，当该协会召开第二次会议时，我们会重回岗位，重新承担起我们繁重的工作，精神饱满地继续努力，再一次让世界读到我们准确、真实、无比优秀、极为出色的会议报告。为践行这一承诺，我们向旧堡[1]（该协会的第二次会议即将于20号在此地举行）经水路派出了撰写了上一份报告的那位天资过人的先生。他天生具备出众的能力，我们又派出了若干能力不逊于他的助手襄助于他，——如此，他已经寄回了多封书信。这些书信描写真实可

1　旧堡：可能是爱尔兰米斯郡的同名乡镇。

信，语言铿锵有力，思想火热赤诚，表达欢快跳脱，讨论的话题又极为重要，在任何时代、任何国家的书信文学中都无出其右者。我们将以书信送至杂志社的先后为序，完整地刊载出这位先生的通讯稿。

轮船餐厅　　　　星期四晚上　　　　八点半

当我今晚乘坐着租赁的篷式马车离开新伯灵顿街[1]4285 号时，我既觉得新奇，又倍感压力。一方面深感承担的任务十分重要；另一方面又意识到自己即将离开伦敦，以陌生人的身份去往异乡，因而倍感孤独。再加上路途颠簸、思绪纷乱，一时间我竟忘记了自己带着的毯制手提包和帽盒。一位布莱克沃尔公共汽车的司机失手将他车辆的撑竿从篷式马车的小门里插了进来，将我从一团纷乱又难以描述的想象中唤醒，为此我会一直对他深感感激。我们不完美的天性竟是由这些材料构成的！

我很高兴地告知您，我是第一个登船的乘客，因而能够按事情发生的先后顺序向您讲述所有经过。烟囱一直在冒出袅袅烟雾，船员们也一直在吞云吐雾。我得知，船长醉醺醺地待在甲板上的小房间里，而甲板就像一段黑色的公路一样在船体上延展铺开。从我所听到的声音推断，他已经开足了马力。

你们可以轻而易举地揣测到，当我发现自己的铺位与木烛台教授、鼻涕虫先生、灰扑扑教授等人的铺位都在同一间隔间时，我的心情是多么激动啊。木烛台教授就睡在我上方的铺

1　新伯灵顿街：伦敦西区可从摄政街进入的一处街道。新伯灵顿街是理查德·宾利办公室的所在地。此人是《宾利杂录》的出版商。

位，鼻涕虫先生和灰扑扑教授则睡在我对面的两个铺位。他们的行李都已经运送到了。鼻涕虫先生的床上置有一根直径为三英寸的长锡管，两端都已经仔细地封好。里面装了什么？毫无疑问，是新近锻造的某种厉害的设备。

九点十分

目前为止还无人登船入舱；除见到了几块新鲜的牛羊肉，我也没有再撞见别的新鲜事情。从这几块牛羊肉的成色来看，我可以推断，明晚一定有一顿美味又简单的晚餐。从舱位下面传来一股奇特的气味，一开始让我颇有些不安；但乘务员说这股子气味儿一直都存在，从来没有散去过；听到这一解释，我也就安下心来。我从此人那里得知，这次会议不同的部门将分别暂住在"黑男孩""胃痛""脱靴器"和"面容"等几家旅店。如果这消息是真实的（我没有理由怀疑它）；读者们可以各人持有不同的观点，自行从中得出结论。

我按照事情的原貌，或是我所知晓的事实，原原本本地写下了这些文字。这样我的第一印象就不会失却最初的那份鲜活。我一旦得到机会，就会把稿件分成若干小包裹，逐一投寄出去。

九点半

某个黑乎乎的东西出现在码头上。我觉得这是一辆行驶中的马车。

九点四十五分

不，那并不是马车。

十点半

每一刻都有旅客们涌上船来。四辆载满旅客的公共汽车刚刚驶抵码头，一切都是喧闹忙乱又生气勃勃的。噪音很大声，局面也很混乱。乘客们的衣服都堆在船舱里，乘务员正忙着把装满小块奶酪的蓝色碟子放在距离桌子中心等距离的位置上。他掉下了好多奶酪块，但他已经习惯了应付这一情况，极为灵巧地把奶酪块又捡了起来，用袖子擦拭干净后，又把它们扔回到盘子里。他是一位外表极有魅力的年轻人，——不是黑人就是黑白混血儿，我觉得他是黑人血统。

一位很有趣的老先生坐着公共汽车来到码头，他刚刚才和搬运行李的工人们激烈地争吵了一番，现在又步履蹒跚地手提大大的行李箱向船身走来。我希望并相信他能够安全抵达，不过他要通过的船板可是又狭窄又湿滑。那儿是溅起了水花了吧？上帝保佑他！

我刚刚才从甲板上回来。那个大行李箱此时正立在码头最边缘的地方，但四处都找不到那位老先生。更夫不能确定他是不是从船板上掉下去了，不过承诺说明天早上一大早就把他捞上来。但愿更夫的仁爱之举能够顺利实施！

劣矿教授此时此刻已经抵达他的舱位，帽子下面还戴着睡帽。他要了一杯冰白兰地，水，外加一块硬饼干和一个脸盆；然后直接上床睡觉了。这意味着什么呢？

我之前简单提及的其他三位科学家已经登船了，也已经试睡过他们的床了。只有木烛台教授，他睡在上铺，没办法钻到床铺上去。而鼻涕虫先生睡的是另一张上铺，没办法从铺位上钻出来，只能让一个侍童把晚餐递给他。我很荣幸地向这些先生们做了自我介绍，随后我们平和友好地商量了我们休息的次序。次序是必须协商确定的，因为尽管房舱里非常舒适，舱内的空间也只够一次让一位先生起床，他还必须把靴子脱在走道里。

如我所料，奶酪块是为旅客们的晚餐所准备的，现在已经开始向旅客们供应了。读者们要是听说木烛台教授已经避食奶酪八年，一定会觉得吃惊，不过他吃黄油倒是吃得不少。灰扑扑教授的牙齿已经脱落了好几颗。据我观察，他在吃面包皮之前，必须先把面包皮放在瓶装黑啤酒里面泡软了，方才吞食下肚。这些个人嗜好是多么有趣啊！

十一点半

木烛台教授和灰扑扑教授兴致很好，打算用投掷硬币来决定谁为一瓶波尔图热葡萄酒买单。他们的好心情也感染了我们。他们又略作讨论，是掷一次就决定谁来买单，还是掷三次硬币，选取其中最好的结果。最终他们选定了第二种方式。我深切地希望这两位先生都能赢。但既然这种情形不可能发生，我承认我私下里的愿望（我以个人的身份发声，这种情感表达并无碍于您或您读者们表达心意）是偏向木烛台教授能够赢的。我为这位先生下了十八便士的注。

十一点四十分

灰扑扑教授一不小心，把他的半克朗硬币扔出了房舱的窗户，于是大家商定让乘务员替他投掷。两边都可以加注，金额不限，但没有愿意下注的人。

木烛台教授刚刚叫了一声"女人"[1]，但硬币已经卡在舱梁上了，一时半会儿下不来。此时此刻紧张有趣、悬念迭出，非一般人所能想象。

十二点钟

加热过的波尔图葡萄酒正放在桌上，在我面前冒着热气。灰扑扑教授赢得了赌注。投掷硬币是一个比拼运气的游戏。但不论何种场合身份，不论是以公开身份还是以私人身份，才智禀赋如何，科学成就怎样，我仍禁不住要表达一下自己对这件事的看法，木烛台教授应该获胜的。灰扑扑教授获胜后表现得狂喜不止，只怕与真正伟大的行为不太相符。

十二点过一刻

灰扑扑教授还在狂喜中，他口不择言地夸耀他的胜利，说什么他总是赢，以及他事先就知道会是"头像"，还有其他很多类似的话。这位先生应该还没有完全丧失庄重得体的情感，不至于感受不到、意识不到木烛台教授的过人之处吧？灰扑扑教授是疯了吗？还是他希望有人明明白白地提醒他他在社会上的真实地位，或是他的成绩和能力到底是何水平？灰扑扑教授最好注意一下自己的言行。

---

1 "刚刚叫了一声'女人'"：根据狄更斯自己在《匹克威克外传》第二章中的描述，一金镑硬币上所绘的被圣乔治杀死的那只龙被称作"女人"："没必要把一畿尼金币破开，"陌生人说道，"可以掷金币决定谁为两人买单——我来叫牌，你来掷——第一次——女人——女人——迷人的女人。"金镑掉了下来，龙（出于礼貌被称为女人）的图案朝上。

一点钟

我在床上写这封信。一盏挂灯悬挂在天花板上，用微弱、摇曳的灯光照亮着小小的房舱；灰扑扑教授仰面躺在对面的床架上，嘴张得大大的。场面庄严肃穆、难于描画。潮水的起伏声，头顶上水手们的脚步声，河面上沙哑的人声，河岸上的犬吠声，旅客们的鼾声，以及船上每块木板持续的吱呀声，是耳朵能捕捉到的仅有声响。除此之外，四周围都是一片幽深的寂静。

就在方才，有件事情让我好奇心大盛。鼻涕虫先生睡在灰扑扑教授的上铺。只见他小心地拉上铺位上的床帘，然后担心地向外张望了一下，好像是确认他的同伴都在睡觉，好让自己放心；随后他拿出我之前提到过的锡管，兴致勃勃地打量着它。什么样罕见的机械组合会被装在这个神秘的匣子里？显然，这对于所有人来说，都是一个极大的秘密。

一点过一刻

鼻涕虫先生的行为越来越神秘了。他刚刚旋开了长管的盖子，之后又再次观察了同伴们的状态，显然是要确认完全没有人注意到他。很明显，他即将要从事某项了不起的实验。老天爷保佑，这项实验可别出什么危险。不过科学的发展是需要我们极力促成并且竭切配合的，我做好了最坏的准备。

五分钟以后

他从锡盒中拿出一副大大的剪刀，又拽出了一卷什么东西，外表看上去像羊皮纸一样。实验就要开始了，我必须把眼睛瞪得大大的，努力看清楚他最细微的操作。

一点四十分

我终于能够确定了，锡管里装有好几码长的名牌橡皮膏，——透过眼镜，我仔细阅读了标签，发现橡皮膏是用来作为预防晕船的防护层的。鼻涕虫先生把它剪成一小块一小块的，现在正在身上四处贴膏药。

三点钟

准点一刻钟之前，我们起锚开船了。机器突然间发动起来，发出吓人的噪音，吓得木烛台教授（他按照几何学原理，把毛毡旅行包叠成了一个平台，爬上了床铺）从他的铺位上冒冒失失地冲下来，在极度的恐惧下以最快速度站稳脚跟，狂奔到女士们的床舱中。他大概是觉得船正在下沉，所以大声叫喊着求救。我确信接下来的一幕肯定难以描述，彼时有一百四十七位女士在她们各自的铺位上休息。

鼻涕虫先生评价说，不论旅客的铺位位于船身的哪个部位，发动机都好像是正在他的枕头下似的。这提供了一个佐证，说明蒸汽机应用于航海是多么天才的一种运用。他想将这一简单却美妙的发现汇报给科学促进会。

十点半

目前我们的旅途仍然顺风顺水。我的意思是，这对于蒸汽船来说已经是顺风顺水的环境了。因为木烛台教授刚刚醒了过来。从他博学的言论中，我们得知，蒸汽船的另一个了不起的创新之处在于，它总是会带着点儿风浪的。你几乎想象不到，船一旦颠簸摇晃起来，是多么令人惊心动魄。几乎可以肯定的是，在这样的风浪中，想要入睡肯定是很困难的。

星期五下午，六点钟

我很遗憾地告知您，事实证明，鼻涕虫先生的膏药毫无用处。他目前很痛苦，但尽管如此，还是又多贴了几块大块膏药。在如此恶劣的环境下，他仍全心全意地献身科学，孜孜不倦地探求知识，这是多么令人感动啊！

今天早上，我们极为快活；吃早饭时的场面生机勃勃、气氛活跃。福克塞博士在向一群女士解释蒸汽机的构造时，他的棕色丝质雨伞和白色帽子被绞进了机器里；除此之外，直到中午都没有什么不愉快的事发生。我担心午餐的肉汤不太可口，因为接下来很多旅客都离席了。

六点半

我又躺到床上去了。鼻涕虫先生遭受了如此痛苦，真是让人心碎。我这辈子都没见过这么令人痛心的事。

七点钟

一位报信的人刚刚下来，从木烛台教授的包里取走了一条干净的手帕。那位不幸的先生没法离开甲板，一直在请求把他抛下船。从这个人那儿，我听说劣矿教授尽管筋疲力尽、身体虚弱，也还是抱着硬饼干、冷白兰地和水不放，觉得它们可以让自己恢复健康。这是意识对物质的胜利。

灰扑扑教授躺在床上，从外表看去，状态挺好；但他非要吃东西，让人瞧着觉得挺不舒服的。这位先生对同伴所遭受的痛苦没有同情心吗？如果他有同情心，他怎么能叫了烤羊排——还在微笑？

时间：星期六下午　　　　　**地点："黑男孩"与"胃痛"，旧堡**

你一定很乐意知道，我终于安全抵达了。镇上极为拥挤，所有私人住所和旅馆里都住满了男学者们和女学者们。人们在每条街道上都可以遇到大群的知识分子，人山人海，熙熙攘攘。

尽管这里聚集了大群的人，我还是非常幸运，找到了非常舒适的住所，价格也公道合理。我在一楼走廊里，以每晚一畿尼的价格，预订了一个沙发位；还得到许可，能够在吧间享用一日三餐；条件是这之外的其他时间我得去街上四处溜达，给与我情况类似的先生们留出些活动空间。我走遍了用于招待会议各部门的各栋附属建筑；这些建筑坐落于本店，以及"脱鞋器"和"面容"等旅店。看到这些地方为会议所做的筹划安排，我非常高兴。地板上洒上了新鲜锯末，真是妙极了。锯末是未经刨光过的，你可以想象，整体效果极为好看。

九点半

抵达的参会者人数之众、抵达之迅速，都让人眼花缭乱。在过去十分钟里，有一辆公共马车开到门口，车里车外满满当当地坐的都是知名人物，包括泥膜先生，德拉利先生，皮手笼教授，X.迷雾先生，X.X.迷雾先生，半盲先生，朗姆恩教授，尊敬的长耳先生，约翰·凯奇教授，威廉·呆瓜爵士，老古董博士，伦敦的史密斯先生，爱丁堡的布朗先生，胡卡姆·斯尼威爵士和南瓜头教授。最后提到名字的十位先生全身上下都湿透了，他们看上去都极为聪明。

星期日，下午两点

尊敬的长耳先生，在威廉·呆瓜爵士的陪同下，今早外出散步，并驾驶机械出行。他们穿着靴子完成了前一项战绩，乘坐一台租来的飞行器完成了后一项战绩。这一行为自然得到了人们热议。

我刚刚得知，在名为"脱靴器"和"面容"的旅店中，在当地极为活跃又充满智慧的教区执事扫斯特和南瓜头教授刚刚举行了一场访谈。您的读者们无疑也都知道，教授是委员会一位很有影响力的成员。在我见到扫斯特，并向他确认消息的真实性之前；我必须避免散布任何流言，传播任何关于这一不同寻常的会面的不实情况。

六点半

在写下上述文字不久，我雇了一辆驴车，驾车朝扫斯特的住处一溜小跑前行而去；途中经过风景优美、地域广阔的乡村，夹道都是红砖建筑。我还在集市略作停留，查看昨天夸克利先生帽子被风吹跑的地方。这是一处不平整的路面，但从外表上看去肯定不会让人联想到最近这儿所发生的事。我从此处继续前进——经过煤气厂和油脂熔炼厂，来到了一处小巷，经人指点，这就是教区执事的住处。我驱车向前不过几码远，就很幸运地碰见了扫斯特本人，他正向我走来。

扫斯特是一个胖子，比起我之前所见过的、俗称双下巴的面部结构，他的脸还要大上一圈。他还有一个红红的鼻子，他将之归因于早起的习惯——鼻子确实太红了；除他给出的这个解释，我还猜测，这种红是偶尔醉酒留下的印记。他告诉我说，他觉得自己不能随意公布自己和南瓜头教授之间交谈的内容，但并不讳言交谈是关于警务管控的，还特地补充强调说："这样的时刻是前所未见的！"

您应该很容易理解，这一消息让我吃惊中夹杂着些许的焦虑；我于是抓紧时间，拜访了南瓜头教授，并向他言明了我拜访的目的。我可以肯定的是，教授表现得极为彬彬有礼。他考虑了一会儿，然后公然宣称（我用意大利体标注了这段话）他已要求扫斯特星期一一大早亲自来"脱靴器"和"面容"旅店伺候，把捣蛋的男孩子们赶开。他甚至要求副教区执事为着同样的目的，必须来"黑男孩"和"胃痛"旅店亲自看守！

现在我把这桩有违宪法的事件留给您去评议，留给您的读者们去思量。我从未听说过，一位教区执事，身处教堂、教堂庭院、济贫院等机构的辖区之外，不按委员集会上堂区俗人委员和监管人员明确的指令行事，不对闯入教区或有其他冒犯行为的人执行法律制裁，却对国家正在成长的年轻人们有什么法律上的威慑力。我也从没有听过，一位教区执事能被任何一个平民百姓叫出来，对不列颠的男孩子们实施统治和暴政。我更是不知道，一位教区执事能得到济贫法规执行官们的首肯，四处奔走、磨破鞋跟，只为用非法手段干涉那些既非贫民、又非罪犯的人的自由。我也没听说过，一位教区执事有权力凭自己的意愿和喜好，阻碍皇家公路的交通。我亦没听说过，整条街道，从路面一直延伸到房屋的墙面上的区域，并非对所有男人、孩子或女人自由开放——是的，不管这处地方是"黑男孩"和"胃痛"，或是"脱靴器"和"面容"，在我看来都并无区别。

九点钟

我找来了一位当地画家，为"暴君扫斯特"画了一幅惟妙惟肖的肖像画。因为他已经落下了这一不太好的名声，你一定是希望刻印一份，以便下一期杂志付梓时，每本单册都能附印上一份的。我把画附在信后了。

The Tyrant Sowster.

[不能复制的图画]
暴君扫斯特

副执事同意写写他的生平了，不过必须要严格匿名。

附上的这张肖像画当然是源自于生活，每个角度都画得很完美。即便我完全不了解这个人的真实性格，画像置于我面前，不置一句评价，我也会情不自禁地颤抖起来。人物的五官表现出一种强烈的恶意，暴徒一般的眼睛里流露出歹毒和凶残的目的性，既让人惊惧又让人恶心。他全身弥漫着残酷的气场，就连肚子也没少表现出他恶魔般的习性。

星期一

大日子终于到来了。我的眼睛、耳朵、笔墨、纸张都被震撼感官、令人惊叹的事件进程占据得满满的，无暇顾及其他。让我打起精神，开始我的讲述。

A 部门——动物学和植物学　　"黑男孩"和"胃痛"之前厅
主席——威廉·呆瓜爵士　　副主席——泥膜先生和德拉利先生

X.X.迷雾先生发表了一些言论，他观看了由手摇风琴伴奏、由猴子表演的街头杂艺展览，由此联想到了伦敦街头舞熊技艺已逐渐销声匿迹。作者怀着最深刻的伤痛和最深切的遗憾评述说，好些年前，面对在各地巡回表演的戏熊把戏，公众体验发生了突然变化，令人十分费解。那些熊因为不再受到老百姓们喜爱，所以一只一只逐渐从首都的街道上消失了。到最后，连一只也没有留下，无法让那些生活贫困、未受教化的人感受自然的演进历史。诚然，一只毛发凌乱的棕褐色大熊曾流连于过去成功举行表演的地方，它神态憔悴、萎靡不振、四肢无力。它曾试图挥舞它的铁头大棒来取悦大众；但由于它饥肠辘辘，观众对它展示的能力又完全没有任何恰当的回馈，这些因素最终驱使它离开了这片场地。它很有可能沦为了公众对动物油脂日益增长需求的牺牲品。他很遗憾地补充道，情形类似、同样可悲的改变还发生在了猴子们身上。这些讨人喜欢的动物之前习惯于坐在管风琴上面，它们的数目几乎和管风琴的数目一样多。1829 年两者的比例为（议会反馈的统计结果显示）一只猴子对三只管风琴。然而，由于音乐乐器的审美和风尚发生了改变，大部分的管风琴被窄盒类的乐器所取代，这让猴子们无处可坐；因此，这种公共娱乐方式从源头上完全枯竭了。鉴于此事极为重要，与国民教育关系密切，加之人们应该不失时机地了解这两种有趣的动物种群的形态和习性；本文作者提议，应该立刻采取措施，恢复这些既娱乐大众、又启发心智的娱乐项目。

主席询问道，这位尊敬的与会者能不能提出具体方法，以实现这一目标，满足大众的心愿？

撰文者提议说，如果女王殿下的政府能够设法把一些熊带到英格兰，数目足以巡游到所有乡镇的每一个角落——比如，每镇一周至少能来三只熊巡演，这些熊以公共经费加以豢养，以娱乐公众，这一目标是完全可以实现的，收效也会令人满意。至于找什么合适的地方来接收安顿这些动物，这是完全没必要犯难的问题。因为可以在上下两议院附近，建造一座宽敞的熊园。显然，这是这种建筑最为合适、最符合条件的选址。

穆尔教授十分怀疑，关于自然历史的一些正确观念是否能如这位令人尊敬、能力出众的与会者所提及的，得到宣传和普及。恰恰相反，他认为这些手段会向公众灌输关于这一话题的许多不正确、有缺陷的观念。他依据亲自观察和亲身体验得出的结论，提出，很多能力出众的孩子在这位尊敬的先生所提及的时期，或是早于那一时期，就已经在街上观察了这些动物。他们受到误导，相信所有的猴子生来就穿着红外套、戴着亮闪闪的饰片，它们的帽子和羽饰也是与生俱来。他希望明明白白地知道，这位尊敬的先生到底应该把吝于对熊加以鼓励的行为归因于公众鉴赏力的缺失，还是归因于这些熊自身能力的欠缺？

X.X.迷雾先生回答道，他自己也不敢相信，不过熊和猴子应该是普遍具备一些不甚稳定的禀赋；这些禀赋如果得不到合理的激励，就会在其他方面消耗殆尽。

南瓜头教授希望借此机会，请本部门的与会者关注一个极其重要、极为严肃的问题。方才所宣读之论文的撰写者提到，目前民众中普遍存在一种风尚，喜欢提炼熊的油脂，用以促进头发的生长。毫无疑问，这一风尚已经广为流传，（而且在他看来）传播程度已经令人警觉。参加本部门会议的先生们想必都注意到，现在的年轻人，不论是在街道上，还是在其他所有公共场合，都表现得相当欠缺一种骑士风度以及一种绅士般的情感。即便是在更为蒙昧的年代里，这种风度和情感也被认为是相宜并且合度的。他希望知道，有没有可能，镇上的年轻先生们因为一直外用棕熊的油脂，所以不知不觉中，棕熊的一部分天性和品性也倾注到那些不幸的人身上了。当他抛出这些言论时，他忍不住发起抖来。但如果调查结果显示，这一理论是有理有据的，那么许多令人不快的古怪行为就可以马上得到解释。如果没有上述发现，这些行为是完全解释不通的。

主席高度赞扬了这位博学的先生所提出的珍贵建议，称它对与会者产生了极大的影响。他还说，不过一周以前，他在剧院看见一些年轻先生们狂野热切地注视着一间包厢里的女士们。除了受到了野兽般的欲望驱使，没有什么可以解释这一现象。虑及我们的年轻人正如此迅速地沦为一代棕熊，真是让人害怕。

会场呈现出一派对科学怀抱无限热忱的景象，之后与会者达成决议，这一重要的问题应该立即递交给会议委员会研究。

主席希望知道，有没有哪位先生能告知本部门的与会者们，那些会跳舞的狗怎么样了？

一位与会者略微迟疑之后，回答说，最近首都警务官极为勤勉，有三位合唱歌手[1]被他们当作罪犯，投入监狱中。第二天，那些狗就放弃履行它们的职业责任，四散到镇上的各个角落，靠不那么危险的方法谋求生计。他获悉，从那时起，它们就潜伏起来，以劫掠盲人的卷毛狗为生。

---

[1] 合唱歌手：一首合唱曲目是一首至少包含三个人声音的英文歌曲，通常没有伴奏，在十八、十九世纪很流行。

恭维话先生展示了一段嫩枝，声称它千真万确就是博物学家眼中的高贵树种"莎士比亚"上生长出的枝条。这种树在每一方土地、每一种气候环境下都能扎根生长，它宽阔、碧绿的树枝荫庇着人类大家庭。这位博学的先生说，毫无疑问，这段嫩枝在它的生长期还有其他名字，但华威郡的一位老太太指着大树生长的地方告诉他，这是真正的"莎士比亚树"抽出的枝条。他恳请以此为名，将这段枝条呈给他的同胞。

主席希望知道，这位尊敬的先生能给这一稀罕物事，下一个怎样的植物学定义？

恭维话先生阐明了自己的观点，称这棵树为已确认了的树。

B 部门——模型陈列和机械科学
"脱鞋器"和"面容"之大起居间
主席——马利特先生　　副主席——利温先生和斯克鲁先生

皱纹先生展示了一台非常美丽纤巧的机器，这台机器比普通的鼻烟壶稍微大一点，完全由他自己手工制作而成。机器纯粹是由铁制成的。在它的协助下，扒手们在一小时内所扒的口袋数比目前二十四小时扒窃的口袋数还要多，一整天都用人力扒窃可是个缓慢又冗长的过程。发明者称，这一机器已经在舰队街、河岸街和其他街道投入了积极的使用，据悉，使用起来一次都没有失手过。

本部门的一些与会者闻言连忙捂紧了自己的口袋，这导致会议稍微延迟了一会儿。

主席仔细地查验了这一发明，并宣称自己从没见过外观更为漂亮、结构更为精巧的机器。可否请发明者告知本部门的与会者，他是否采取了措施，让机器能够广泛投入使用？采取了什么样的措施？

皱纹先生称，最初，机器在普及过程中遇到了一些困难，不过他成功地联络上了丝手帕猎人先生，以及其他与扒手群体颇有渊源的先生们。他们都对这项发明给予了极高赞誉和绝口称赞。他很遗憾地说，不过，这些出色的扒手从业者们，以及一位名为尖眼睛汤米的先生，连同他所知道的代表这一职业二级水平的其他成员们，对这一机器的普遍应用都持不容妥协的反对意见。因为难以避免的后果是，它几乎会完全取代手工劳动，让大量极有从业资质的人士陷入失业的状况。

主席希望，不要让如此异想天开的反对意见，阻碍了这一伟大的公共改善计划付诸实施。

皱纹先生也抱有同样的希望，但他担心如果扒手团体的诸君坚持他们的反对意见，自己也毫无办法。

灰扑扑教授建议说，当然，如果是那种情况，可以劝说皇家政府，让他们出面收拾局面。

皱纹先生说，如果反对意见难以调和，他会向议会递交申请，他想议会不会认识不到这一发明的功用。

主席评论说，目前为止，即便没有这台机器，议会当然也能很好地应对局面。不过，因为他们的业务涉及范围很广，他们肯定很乐意采用这种改良方案，这一点他毫不怀疑。他唯一担心的是，机器如果持续工作，有可能会磨损严重。

红鼻子先生请本部门的与会者们关注一项规模宏大、趣味盎然的提案。这一提案由许多模型进行演示，具体内容在一篇论文中阐述得非常清楚明了。论文名为《关于为英格兰的年轻贵族们提供一些健康无害的放松方式之必要性的切实建议》。他的建议是，应由议会出台法案，成立一家新公司，购买占地为长度不少于十英里，宽度不少于四英里的一方土地，四周围绕着高度不低于十二英尺的砖墙。他建议说，应该在这块土地上设计公路、高速公路、桥梁和微型村庄，以及各种提升四马马车俱乐部[1]舒适度、擢升俱乐部声誉的设施。这样一来，可以合理地推测，这些俱乐部再也不会要求在这片圈地以外的地方驾车出行了。这处怡人的度假胜地应该建有空间宽敞、数量众多的马厩，为喜欢驾马出行的贵族士绅们提供便利。同时，娱乐场所的装潢应该极尽奢华美丽。还应该为所有街道配备加大号的门环和铃柄，安装时应使其在夜间可以轻松取下，每日再由专司此事的侍者在特定的时间将之旋紧。此处还应该配备由真玻璃制成的煤气灯，每打价格相对低廉，即便打碎了也花不了几个钱。同时还应该铺设有宽阔漂亮的人行道。当绅士们

---

1 四马马车俱乐部：四马马车是一种由多匹马匹驱动，一人驾驶的马车。十八世纪的"四马马车俱乐部"由大胆又富裕的年轻人组成，他们会贿赂马车夫，要求让他们来控制马车的缰绳，并把马车赶得飞快。到十九世纪时，娱乐性的驾车行为已经演化为一种体面的休闲嗜好，出现了很多会员制的俱乐部。

心情好兴致佳的时候，可以架着双轮轻便马车在道路上行驶。为了充分享受这一表演，还应该从济贫院调拨些活生生的行人来，每人略略支付些报酬即可。此处应该加以圈禁、小心戒备，避免公众闯入。当绅士们觉得衣物有碍于他们愉悦地享乐时，他们可以脱下任何一件衣物，放置在一旁；这都毫无问题。如果他们愿意，不着片褛地四处行走也是可以的。简言之，这里会为最最绅士的绅士提供他所渴望的所有享乐设施。

但即便拥有这些优势，也还是不够周全和完备；除非还有方法，让贵族和士绅们在晚餐之后远足的时候，能够展示他们的英勇无畏。由于万一他们自降身份、需要拳脚相见，届时会发生许多不便；因此发明者还特别留心，专门为此组建了一只全新的警察力量。这支队伍完全由机器人组成。在干草市场大风车街的发明天才加利亚尔迪[1]阁下的协助下，他已经成功地精准组装出了一位警察和一位出租司机（或许是一位老妇人）。他们都是按展出模型的工作原理制作的，能够四处行走，直到像真人那样被打倒在地。不但如此，更有甚者，如果他们被六位或八位贵族或士绅袭击并且暴打，在被打倒在地后，会发出好几声呻吟，夹杂着祈求对方大发慈悲的声音。这样一来，这一虚构的场景也就面面俱到了，这一娱乐项目也就非常的完美了。

---

1 加利亚尔迪：他是当时一场真正的机器人展览会的主人。在一则关于这场胜会的布告中，撰文者以夸耀的口吻说，这是一个拥有"200个机器人的极为壮观的机械博物馆"，其中代表性的机械人物有"先王威廉四世殿下，女王维多利亚一世和她最尊贵的母亲肯特公爵夫人"，人像皆按照1837年7月18日，他们在女王剧院的包厢里现身时的模样制作。

但这一发明还没有止步于此；区域内还将建造很多站房，房内设有许多柔软的床铺，供贵族和士绅夜间休息。到了白天，他们会前往一个房间宽敞的警察局。在那儿，机器人治安官们将进行一场无声的调查问讯——与真实生活中的情景一模一样，局内设有许多柜台，警察们会在那儿对他们处以罚款，而罚款款项会提前交付于他们，供他们缴纳使用。办公室会装有一个倾斜的台面，方便贵族或士绅把他们的马带进来作目击证人。囚犯们享有的权益与当下的囚犯一致，可以任意打断原告的发言，还可以发表他们认为合适的一切言论。这些娱乐项目的收费比成本价高不了多少。发明者认为，通过上述安排，公众将获得颇多收益，又倍感安心舒适。

劣矿教授希望知道的是，发明者觉得应该组建多大规模的机器人警力呢？

红鼻子先生回答说，建议一开始设七个部门的警力，每部门二十人，以从 A 到 G 的字母加以标识。建议这些人中不到半数为常驻警力；剩下的为储备警力，留守在警察局内。只待一声号令，就可以派遣和调动这些人力。

主席极力称赞了这位心思敏捷的先生提出的设想，但对机器人警察是否能很好完成任务，仍心存疑虑。他担心贵族和士绅们可能要求体验更为刺激的棒打活人。

红鼻子先生认为，这种情况下，争斗双方的人数比例一般是十位贵族或十位绅士，对一位警员或一位出租司机。说到刺激，不论警员或出租司机是活人还是木块，差别都很小。最大的优点在于，警员的四肢可以全被打掉，第二天他还依旧可以执勤。他甚至可以第二天一早，提着脑袋出面作证，而不受到丝毫影响。

皮手笼教授——您是否允许我问问您，先生，治安官们的脑袋打算用什么材料来做？

红鼻子先生——治安官们当然会安上木头脑袋。他们的脑袋将由所能获取到的最坚硬、最厚实的材料制成。

皮手笼教授——我很满意。这真是一项了不起的发明。

劣矿教授——我只注意到一点点不足。在我看来，治安官们是应该开口说话的。

红鼻子先生一听到这一建议，就分别按了按桌上的两个治安官模型上的小弹簧。两个人像中的一个立刻开始惊叫，口若悬河，称自己见到先生们置身于这样的情形下非常难过。另一个人像则表示很担心警察喝醉了。

本部门的与会者不约而同地爆发出一阵喝彩声，都表示这一发明太完美了。主席激动不已，与红鼻子先生一起退下，将人偶呈给了委员会。当他回来时，挠痒痒先生展示了他新近发明的眼镜，眼镜可以让佩戴者在非常明亮的视野中看到远处的物体，同时让他完全看不到那些在他眼皮子底下的物体。他说，这是一项非常珍贵、非常有用的发明，严格按照人类眼睛的观物原理制成。

主席请他就这一观点做一些补充说明。他自己还不知道人类眼睛具有这位尊敬的先生所提及的，如此非凡的特性。

挠痒痒先生听到这话很吃惊。主席先生应该不会不知道，大批的优秀人物和了不起的政治家可以用肉眼看到西印度种植园令人惊诧的种种恐怖事件，但他们却完全无视曼彻斯特棉纺厂里面发生的任何事。他一定也知道，大多数人可以目光锐利地发现他们邻居的错误，而对于自己的错误是多么眼瞎。如果主席先生与绝大多数人在这一方面有所不同，他的眼睛是有缺陷的，那么制作这些眼镜正是为了矫正他的视力。

布兰克先生展示了一份很时尚的年鉴模型，模型由铜板、金页和丝制板组成，书写完全依靠牛奶和水。

普罗塞先生在仔细检查这台机器之后，宣称，它的结构极为精巧，他完全无法发现它到底是如何工作的。

布兰克先生——没有人能做到这一点，这正是这一发明的妙处所在。

C 部门——解剖学和医学　　"黑男孩"和"胃痛"之酒吧间
主席——苏木普博士　　副主席——佩塞尔先生和莫泰尔先生

格鲁米奇博士向部门汇报了一例很有意思的偏执病的病例，然后描述了他所实施的治疗过程。这一治疗方式取得了完全的成功。病人是一位中等阶层的已婚女士。一次，她在参加晚宴时看到另一位女士穿着一套珍珠礼服，心里立刻燃起了拥有一件类似衣服的愿望。然而，她丈夫的财务状况无法支撑起这样的花销。当她发现愿望无法满足时，就病倒了。病的症状很快发展到让人担忧的地步，这时他（格鲁米奇博士）被请了过来。此时这位病患的显著特征是郁郁寡欢、完全不愿承担家庭责任、极为易怒、又极为懒散。除非有人提起珍珠，那时病人脉搏加快、眼睛发亮、瞳孔扩大。在断断续续地叫唤了几声后，病人会号啕大哭起来，说什么没有人关心她，她觉得自己还是死了好之类。他发现陪伴的人多时病人的胃口会受影响，因此开始要求病人完全禁食所有刺激性的食物；除清淡的稀粥外，其他食物也禁止食用。随后，他取了二十盎司的鲜血，在每只耳朵、胸口、后背上都各留了一只水泡，然后开了五格令的甘汞，最后留病人自己休息。第二天，她情绪有些低落，但病情绝对是好多了；所有烦躁易怒的表现全都消失了。又过了一天，她又恢复了一些。再过一天，她继续康复。第四天时，先前的老症状又有些反复。他不等症状加重，就又开了一剂甘汞，并留下了严格的指令称，如果两小时内病情没有彻底向好的方向发展，病人的卷发就要被立刻剃光。从那时起，她开始好了起来，二十四小时内就完全康复了。当看见或听见他人提及珍珠或其他饰品时，她没有流露出一丝情绪。她心情欢快、情绪很好，整个性情和状态都有了很大的改善。

皮普金先生宣读了一篇短小但很有意思的通讯文稿。文中，他尝试着验证一项十分完美的计划，打算使用顺势疗法救治威廉·库尔特尼爵士[1]。此人又名索恩，最近在坎特伯雷被枪击而死。本部门的与会者想必记得，顺势疗法的原理之一是，任何微量的药剂，如果能在健康人的身上引发罹患疾病的种种症状，那么这种药剂就可以治愈真正身患此病的病人。目前，有一个值得注意的情况是——已有证据证明——已故的索恩雇佣了一个妇人，成日拎着一桶水跟着他。他向她保证说，他死之后，如果滴一滴水在他的舌头上，（本部门的与会者会发现，这完全是顺势疗法的处方），他就会活转过来。显而易见的结论是什么？索恩曾在柳树的苗床等潮湿的地方正向行军和反向行军，他因此产生了一个不祥的预感，认为自己会溺水而死。在这种情况下，如果遵从他的指示，他就会借助自己的处方立刻活转过来。依照这一原理，如果这位妇人，或是一位其他什么人，在他被击倒后将小剂量的铅粉和火药施予他身上，他也本可以马上被救治回来。但不幸的是，涉事的妇人不具备用类比的方法进行推理的能力，也不知如何将原理付诸实施，因此这位不幸的先生就沦为了农民无知的牺牲品。

1　威廉·库尔特尼爵士：约翰·尼可斯·索恩（1799—1838）生于康沃尔郡，是一位自诩为威廉·库尔特尼爵士的冒名顶替者，他声称自己获封德文郡伯爵。他是一个古怪奇特的人物，获得了一批支持者，并在坎特伯雷竞选议会席位，最终却没能获得席位。在肯特郡的博森登树林一地，主要由务农者和手艺人组成的索恩支持者们和一些士兵发生交战，而索恩被枪击，并死于这场战斗。

D 部门——数据学　　"黑男孩"和"胃痛"之配楼

主席——鼻涕虫先生　　副主席——诺克先生和斯戴尔先生

夸克雷先生讲述了一些别出心裁的官方调查数据结果，揭示了一些议会议员资格的含金量，结果分为对外公布的数据以及真实金额两种情形。这位尊敬的先生先是提醒本部门的与会者们，每一位市镇或自治市议员应该拥有债务清白、终生持有、年收入三百镑的地产。然后，他又提到一系列立法者们，包括他自己终生持有财产的确切金额，引得听众们乐不可支、哈哈大笑。从这张表格上看来，每个人持有的收入总额为0镑，0先令，0便士，最终得出的人均收入数额也为0。（哈哈大笑）众所周知，有一些乐于助人的先生，总是把一些临时的资质安放在一些新议员的头上，还一本正经地发誓他们确实拥有这些财产——当然这只不过是形式罢了。夸克雷先生根据这些数据提出看法，称议会议员们完全没有必要拥有财产。尤其当他们没有财产时，公众要获得他们的位置，花销要相对小得多。

增补部门 E—— 翻转学和沟水处理学

秘书宣读了一篇论文，描述了一匹只有一只眼睛的红棕色小马驹。撰文者在新门市场[1]角落里，一位屠夫的马拉车里看

1　新门市场：伦敦市的一个肉市场，于 1869 年拆毁。

到它站立在那里。通讯稿做出了如下描述，文章作者为从事一项商业活动，于去年夏天一个星期六的早晨从萨默斯镇动身前往齐普赛街。在这次远行的途中，他看到了上文所述的外貌不同寻常的小马驹。小马驹的一只独眼很是醒目。他的朋友，水上骑兵的布兰德波尔船长帮助他找到了小马驹，并告诉他说，当他（小马驹）眨眼睛的时候，他也会摇动尾巴（可能是为了赶走苍蝇）。而特别之处在于，他总是同时眨眼睛和摇尾巴。这只动物又瘦又跛、站立不稳，作者建议将它归入"适合犬类食用科"。他当然想到过，从来没有相关文献，记载一匹明显只有一只清晰可辨的视觉器官，又同时眨眼睛和摇尾巴的小马驹。

Q·J·斯纳夫托夫先生听说过眨眼睛的小马驹，也听说过摇尾巴的小马驹；但他们到底是两匹小马驹，还是同一匹小马驹，他不敢贸然肯定地做出回答。不论如何，他还不知道经证实能同时眨眼睛和摇尾巴的马驹，他只能怀疑是否有这种违背所有马驹遵循的自然规律的神奇马驹存在。

然而关于小马驹那仅有的一只视觉器官，他是否可以提出这种可能性，这匹小马驹被人看到时其实处于半入睡的状态，一只眼睛已经闭上了？

主席评论说，不论这只马驹是半入睡还是熟睡，协会的全体会员可是完全清醒的，这一点毫无疑问。因此他们最好结束对这件事的讨论，大家一道吃晚饭去吧。他当然从没见过与这匹小马驹类似的动物，不过他也不打算怀疑它是否存在。因为他生平见过比这更奇怪的马驹。尽管如此，他也不打算假装比身边的先生们见过更特别的驴子。

接下来请出的是约翰·凯奇教授[1]，他展示了已故的格里纳克先生[2]的头骨。当别人邀请他即兴做些评论时，他从一只蓝色的包里取出那只头骨，说道，他敢保证，本部门尊敬的与会者们还没有见过比这只头骨的主人更胆大妄为的家伙。

接下来，围绕着这件有趣的遗物，与会者们进行了一场气氛极为活跃的讨论。关于这位已故先生真实的性格问题，产生了好几种不同的观点。布兰渤先生就他面前的这只头盖骨发表了一番演说，清楚地说明格里纳克先生拥有一件最不同寻常的极具毁灭性的器官。其中预警器官的发育极为特别。胡卡姆·斯尼威爵士紧接着准备批驳这一观点，这时凯奇教授突然打断了讨论的进程，神态激动地大叫到，"沃克！"

主席请求这位博学的先生注意会场秩序。

凯奇教授：

去你的会场秩序！告诉你吧，你拿错东西了。完全没有人注意到，这是一颗椰子，是我的小舅子雕刻起来装饰他的新烘烤摊位的，他打算在会议期间把摊位摆到镇上来。把椰子交给我吧？怎么样？

说了这一席话之后，凯奇教授急匆匆地重新收拾起那枚椰子，又从包里拿出头盖骨。他刚刚将两者弄混淆，展示了错误的样品。接下来与会者们展开了一场极为有趣的对话，但似乎

1　约翰·凯奇教授：此名源自杰克·凯奇（卒于1686年），此人是查理二世统治时期的刽子手。
2　格里纳克先生：詹姆斯·格里纳克（1785—1837），以"埃奇韦尔路杀手"的身份为人所知。他杀害了自己的未婚妻，于1837年5月2日在新门监狱被处于绞刑。

与会者们心中仍有疑问，这枚头骨到底是格里纳克先生的呢，还是医院的某位病人的，或是某个穷人的，某个男人的，某个女人的，还是某只猴子的，大家仍不能得出详细确凿的结论。

"我不能"，我们天才的通讯记者在结尾处说道，"我不能不重述一下木烛台教授的妙语，就结束对这次大规模的科学研究和崇高的科学成就的报道。这一妙语表明，伟大的头脑偶尔也会放松一下，真理也可以以诙谐调侃又引人入胜的方式，传递到注意倾听的人耳中。经历了一个礼拜的饕餮盛宴、胡吃海塞之后，昨天，当那位博学的先生在一大群极为出色的人物陪伴之下，步入大厅时，我恰巧站在他身边。大厅里已经备下了丰盛的晚宴，最香醇的美酒在案板上闪着光，丰美的兔肉——为治学牺牲，足慰平生——发散出诱人的香气。"啊"，木烛台教授搓着双手说，"正是为了它我们聚在了这里，正是它激励了我们，正是它让我们团结起来，引导我们继续向前；这就是科学的传播，这是何等荣耀的传播之旅啊。"

人生的童话剧

在我们一头扎进这篇文章之前，让我们一起承认对童话剧的喜爱之情，——对小丑和潘塔伦的温柔同情，——对哈里昆和科伦芭茵的无限爱慕，[1]——对他们短暂舞台生命中一举一动的纯朴的喜悦之情。他们的行为各式各样、多姿多彩。心智更为鄙陋、更少悟性者的行为往往为种种僵硬刻板的繁文缛节所制约，而他们的举动偶尔会与这些礼节相违。尽管如此，我们在童话剧中陶醉——不是因为它们用金属片和金叶子让我们目眩神迷，不是因为它们将我们童年时深爱的敷白粉的脸庞和鼓鼓的眼睛再次呈现在我们面前；甚至不是因为，就像圣诞节、第十二夜、忏悔节和一个人自己的生日那样，它们一年才有一

1　潘塔伦、哈里昆和科伦芭茵：潘塔伦、哈里昆和科伦芭茵是意大利即兴喜剧中的典型人物，而即兴喜剧是十六世纪到十八世纪间颇为流行的一种喜剧形式。这些人物与其他两个人物，小丑和皮埃罗一起，成为英国童话剧中滑稽表演部分的传统人物，他们共同演绎出基本一致的剧情：科伦芭茵之父潘塔伦使尽浑身解数，要拆散女儿和她的情人哈里昆。

次；——我们的喜爱是基于更为严肃的，完全不同的原因。对我们来说，一场童话剧就是一面生活的镜子。不但如此，更重要的是，我们坚信对于广大观众而言它正是如此。尽管他们意识不到这一点，这一条件仍是他们在观赏童话剧时，深感有趣和愉悦的隐秘原因。

让我们举一个小小的例子加以说明。故事场景是在大街上：一位年长的先生出现了。他面庞宽大、五官鲜明，脸上洋溢着阳光般灿烂的微笑，宽阔、红润的面颊上总是跳动着一对酒窝。很明显，他是一位富有的老先生，经济宽裕、家道殷实、世人皆知。他并非不在意对自己的修饰，因为他打扮得虽说不上俗丽，也还华丽。从他揉肚子时那快活又油腻的仪态看来，在合情合理的程度内，他还是有些耽于口腹之欲的。这一举动意在告知观众们，他正要回家吃晚饭。正当他心满意足，自以为财富在握、坐拥生活的无尽美好、享尽人生的荣华时，这位老先生突然脚下一个重心不稳，跌了一跤。观众们笑得多开心啊！他置身于吵吵闹闹、爱管闲事的人群的围攻之下，他们对他又拍又打，毫无怜悯之心。他们发出了喜悦的尖叫声！每当这位老先生挣扎着想要站起来的时候，他无情的迫害者们都会再次把他打倒在地。观众们高兴得全身战栗。当这位老先生最后站起来，跟跄着离开；帽子、假发、衣服，全都被人夺走；他自己衣衫褴褛，手表和钱都不知所踪时，他们笑得喘不过气来，以一阵又一阵的掌声表达他们的快乐和欣赏之情。

这是不是很像人生呢？把场景换成任何一条真实的街

道；——换成股票交易市场，或是城市里的银行，或是商人的账房，甚至是零售商的店铺。看看这些人中的任何一人失势了会怎么样，——失势得越是突然，越是志得意满、富甲一方，落差越是明显。高声叫喊的暴民对着他筋疲力尽的残躯发出怎样狂野的"喂喂"的叫声；当他卑微地躺倒在他们脚下时，他们是怎样高兴得又喊又叫！注意看，当他倒台时，他们是多么迫不及待地开始攻击他。当他偷偷溜走时，他们又是怎样地嘲笑和愚弄他。哎呀，这可是一出不折不扣的童话剧。

在所有童话剧的剧中人物里，我们认为潘塔伦是最不中用、又道德败坏的。一个人见到一位与自己年龄相仿的先生，从事和追逐的都是既不务正业、又蹉跎光阴的事情，会很自然地心生反感。如果将这种感情排除在外，我们不能回避面对的事实是，他是一个不忠又世故的老恶棍，总是劝诱他年轻的同伴小丑做出一些欺骗或是小偷小摸的勾当来，自己则总是站在一边，静观事态发展的结果。如果得手了，他绝不会忘记回头索要他的一份战利品。但如果事情失手了，他一般会极为谨慎地藏匿起来，逃之夭夭，小心翼翼地置身事外，直到整件事情平息下来。他的风流习性同样特别不讨人喜欢。光天化日之下，他公然与女士们搭讪的举动是完全不成体统的。他总是会不轻不重地在前文所述的女士们腰间挠一挠，让她们能够感觉得到。做出这番举动之后，他又后退一步，显得好像为自己的不成体统、冒冒失失而难为情似的（尽可能做出一副羞愧的样子）。然而，这之后他又会站在一段距离以外，以令人不喜且极不道德的方式向那些女士们抛媚眼、打招呼。

有没有人在自己的社交圈子里找不出这么几位潘塔伦来呢？有没有人没见过他们在阳光明媚的日子里，成群结队地聚在小镇的西区；或是在夏季的夜晚，没有眼见他们精力充沛、完全不加节制地把上文所述的童话剧套路故技重施，就好像他们身在舞台上一样？我们现在就能掰着手指头，点出我们熟人中的若干位潘塔伦，——他们都是名副其实的潘塔伦，在过去的若干年里一直在表演各种各样奇怪的把戏，让他们的朋友们和熟人们都乐不可支。他们直到今天都在努力表现出年轻放荡的样子，既滑稽可笑又徒劳无益，所有旁观者们都笑得快要断了气。

以刚刚在黑马克街区上演的《欧洲咖啡厅》中出现的老先生为例。在剧中，他接受了一位年轻人的款待，在镇上吃饭。两人在小酒馆的门口握手道别。握手时矫揉造作的热情，礼貌周全的点头致意，显而易见的对晚餐的回味，以及对仍残留于唇间的诱人味道反复咀嚼，都是他这一类型人物的特征。他哼着一支歌剧小调，一瘸一拐地走着，假装不经意地转动着他的手杖。突然他停了下来，——面前是女帽店的橱窗。他从一块大块的窗格玻璃处往里窥探。然而，他窥视店内女士们的视野被一些印度披肩遮蔽住了，因此，他将注意力转向了一位手拿圆筒形帽盒的年轻女孩，她也正盯着玻璃窗看呢。注意！他挪到她身边了。他咳嗽了一下，而她转身避开他。他再次靠近她，而她不理睬他。他开心地抚弄着她的下巴，随后后退好几

步，冲着她做出怪异的鬼脸，又点头又示意的。而女孩冲着他
布满皱纹的脸投下了傲慢轻蔑、目中无人的一瞥。她急急地转
身离开了，而老先生一边一路小跑地跟着她，一边张着没牙的
嘴"咯咯咯"地笑着。这可是惟妙惟肖的潘塔伦啊！

但舞台上的小丑与日常生活中的平常人之间极为相似，这
是很不寻常的。有些人谈到童话剧的衰落时忍不住唉声叹气，
然后以低沉的语调喃喃地念叨着格里马尔迪[1]的名字。我们说
这完全是无稽之谈，这并不是对这位受人敬仰、卓尔不群的老
人的贬损。许多演员把格里马尔迪比照得一无是处，这样的小
丑角色每天都层出不穷，而且没有任何人资助他们——真是
遗憾！

"我知道你的意思"，奥斯巴迪斯顿先生的某位脸蛋脏兮兮
的赞助人说道。当他读到这里时，放下了手中的杂集，向着眼
前的一片虚无投来了会意的一瞥。"你指的是饰演盖伊·福克斯
的 C·J·史密斯，还有花园里的乔治·班威尔[2]。"脸蛋脏兮兮的
先生还没来得及说完这些话，一位身穿无领衬衫和罗纹丝带外
套的年轻先生就打断了他。"不，不，"这位年轻先生说道，"他

---

1 格里马尔迪：约瑟夫·格里马尔迪（1778—1837）是摄政时期的著名演员、丑角，因在滑稽
演出中饰演小丑而为人所熟知，之后他成为这一角色的代名词。他写了一本自传，由狄更斯
本人编辑（事实上重新为他撰写），并于1838年出版。
2 "饰演盖伊·福克斯的 C. J. 史密斯，还有花园里的乔治·班威尔"：盖伊·福克斯和1605年意
在摧毁议会的火药阴谋的故事是一部童话剧的主题。这部剧名为《哈里昆和盖伊·福克斯》，又
名《十一月五号》，于1835年在科文特花园的皇家剧院上演。同时期另一部童话剧，《哈里昆
和乔治·巴恩韦尔》，也称《伦敦学徒》，似乎是对剧作家乔治·李洛（1693—1739）的悲剧《伦
敦商人》，亦称《乔治·巴恩韦尔的故事》所做的喜剧化的仿写。最早于1731年上演。C. J. 史
密斯是同时参与了两部剧创作的演员。

指的是艾德菲剧院的布朗、金和吉卜生[1]。"我们很尊重先前提到的脸蛋脏兮兮的先生，以及随后提到的身穿无领衬衫的先生。我们所指的既不是那位以荒诞滑稽的风格扮演了那位天主教阴谋家[2]的演员；也不是那三位不知变通的扮演者，在过去的五六年间顶着不同的醒目头衔，跳着同样的舞蹈；顶着各种各样华而不实的名字，做着同样的事情。公众到目前为止本来都在沉默地旁观整场争论。然而，我们一旦做出这样的宣言，他们就会询问我们到底是什么意思。怀着恰如其分的敬意，我们接下来就会向他们娓娓道来。

所有的戏迷和童话剧观剧者都知道，一位丑角戏剧生涯中的高光时刻发生在海报所描述的下述场景中："干酪店和陶器仓库"，或是"裁缝店和掀桌子夫人的食宿旅舍"，或是有着类似名称的一些地方。有意思的事情在于，主角要么在享受旅舍住宿服务时，没有丝毫支付住宿费的打算；要么假以种种托词和借口，肆意骗取货物；要么在隔壁受人尊敬的店主那里窃取存货；要么借着仓库搬运工经过他窗下时趁火打劫。简而言之，最有看点的就是主角怎样无所不用其极地欺诈到所有可能欺诈的人。另外必须说明的是，欺诈的对象和范围越广，欺诈者越是厚颜无耻、肆无忌惮，观众越是兴高采烈、乐不可支。值得注意的是，完全类似的事情日复一日地在真实生活中发生，从来没有人觉得有什么可乐的。让我们通过对这部分童话剧剧情

---

1 艾德菲剧院的布朗，金和吉卜生：很显然，这是当时著名的三重奏演员。艾德菲剧院坐落于伦敦的斯特兰德街。

2 天主教阴谋家：盖伊·福克斯和他具有恐怖主义倾向的同伴们是狂热的天主教徒。

的细节描述证明我们的观点——我们并非在描述剧院里的童话剧，而是在描述生活中的童话剧。

受人尊敬的费茨·威斯克·费尔斯船长，由他身穿制服的仆人笃岸贴身服侍，——此人看上去十分体面，毕生都在为船长的家族服务——四处察看、广泛交游，最终买下了某某街、某某号的一座未经修缮的房子。宅子附近所有的商人们都在费尽心机地争取船长的光顾。而船长是一位好脾气、好心肠、好相处的人。为了避免让任何人失望，他很慷慨地从所有商人那里都预定了货物。一篮一篮的酒水，一筐一筐的食物，一车一车的家具，一盒一盒的珠宝，以及各类最为昂贵的奢侈品，都络绎不绝地送往尊敬的费茨·威斯克·费尔斯船长家中。在那儿，最最体面的笃岸将它们一一接收并妥帖地安放了起来，而船长自己昂首挺胸、大摇大摆地四处转悠，通身的气派里夹杂着有意为之的优越感，及将军般的嗜血和残暴。一位军队里的船长在许多时候，甚至是在绝大多数时候对下层平民都会显出这种气派，让他们又敬又畏。但那些商人们刚一转身离开，这位心性强大性格却有些古怪的船长，就在忠诚可靠、全心奉献、感人至深的笃岸的帮助下，将所有货物全都卖掉了，以获取最大的利润。尽管这些物件卖出时的价格不高，但它们售出的价格却大大高于买入的价格，而买入时的花销对船长而言不过是九牛一毛。在两人耍尽了各种各样的花招之后，他们的骗局被戳穿了，费茨·费尔斯和笃岸被认定为共谋犯，关押他们的警局里挤满了他们骗局的受害者。

谁会辨认不出这一幕呢？这不是在剧院上演的童话剧中最精彩部分的精准再现吗？费茨·威斯克·费尔斯饰演小丑，笃岸饰演潘塔伦，商人们饰演跑龙套的小角色？最可笑的部分是，那位控诉骗子声调最高的煤炭商人，正是前一晚坐在矿井中心的前排位置，为能够巴结上骗子畅声大笑的人，——他扮演的角色也没有那么光彩。让我们再次聊聊格里马尔迪。处在艺术巅峰期的格里马尔迪，能扮演与达科斯塔比肩的角色吗？

一提到上文提及的那位大名鼎鼎、名实相符的小丑演员，我们就想到他的最后一部幽默剧，讲的是某人以欺骗的手段从一位军方的年轻先生那里获得一些盖了章的许可证的故事。我们还没来得及放下我们的笔，仔细思量一会儿那位令人称羡的演员所演出的制作精良、贴近生活的笑话，一个新的话题就如电光火石一般在我们脑海中闪现了。于是我们立刻开启了这个话题。

所有从事幕后工作的人，以及大多数从事前台工作的人都知道，在一场童话剧的演出中，许多人登台表演都有着明确的目的，被欺骗，或者被打倒，又或两者兼而有之。然而，直到方才，我们都一直没能明白，为什么要创作出大量奇怪、懒散、自负的角色；这样的人物人们常常不是在这里碰到，就是在那里碰到，甚至是随处可见。我们现在全明白了。他们是生活的童话剧中跑龙套的演员，是从童话剧中被强行推进生活的人。他们除了经常相互使袢子，还会在各式各样的奇怪事物面前磕碰得头破血流，生活别无目标。不过就在上周，我们就与一个这样的人物在晚餐桌上相对而坐。现在我们回想起来，他就完全像是那些顶着硬纸板制成的脑袋和面孔，在剧场上演的童话剧中扮演着相应角色的人。他们都有着同样大大的、淡漠的傻笑——同样呆板、阴郁的眼睛——同样呆板、空洞的凝视表情。不管说什么话，或是做什么事，他总是完全不着调，或总是与和自己毫无干系的事物发生冲撞。我们一次又一次地看着坐在桌子对面的男人，不论把他归入到哪一类人都无法让自己满意。这一点我们之前从没有想起过，多么奇怪啊！

我们必须坦率地承认，我们对哈里昆颇有些犯难。我们在现实中活生生的童话剧中见过那么多不同类型的哈里昆，我们几乎不知道该选哪个作为与戏剧中哈里昆相对应的合适人选。一时间，我们倾向于认为哈里昆不过是个家世良好、拥有独立资产的年轻人，与一位歌剧演员私奔之后，成日在轻浮琐碎的娱乐消遣中虚度生命、挥霍无度。然而，略一思忖，我们又会想起哈里昆偶尔会有一些风趣、甚至是聪明的言行；我们又倾向于免去我们的年轻人必须家世良好、资产独立的条件；总而言之，免去他任何的不端行为。如果对这一话题更加深思熟虑一些，我们就可以得出结论，生活中的哈里昆只是普通人，没有固定的行业，也不从属于特定的社会阶层。在某一个特定的身份下，或是某些特殊的因缘际会作用下，魔杖被加诸他的身上。

这促使我们就公共生活和政治生活领域的童话剧说上几句。我们会马上开始陈述这一话题，然后结束全文——只是此处需向读者们预述，我们谢绝谈及科伦芭茵，因为我们对她和她善变的情人之间的关系是断然不满意的。再者，阅读我们作品的女士们品德高尚、令人尊敬，我们也不知将她介绍给这些女士是否适宜。

我们认为，一届议会的开始正像一场盛大的、带喜剧色彩的童话剧拉开序幕。国王陛下开幕时发表了仁慈的演讲，如果将之比作小丑的开场白"我们开始了"，也并非不适宜。至少在我们看来，"大人们，先生们，我们开始了"，看上去像是某部门劝解演说的一个很好的要点摘要。如果我们记起，在转变发生之后，紧接着这类演讲就会频繁地出现。我们就会发现两者十分类似[1]，真是挺奇怪的。

也许我们政治童话剧的演员阵容前所未有地强大。我们的丑角阵容尤为强大。我们可以说，之前没有任何时期，我们有这么令人惊叹的杂耍演员，或是愿意使出十八般技艺，以取悦钦羡的大众的演员。的确，他们极其乐意表演，招来了许多居心不良的指责。有人反对说，当剧院关闭时，他们在全国范围内免费表演，这种行为已经自降身份到江湖骗子的程度，因而可能会有损这个职业的尊严。当然，格里马尔迪从没做过这种事。尽管布朗、金和吉卜生去萨里度假了。C. J. 史密斯先生已经在莎德斯威尔斯剧院过上了田园生活；我们还没有发现戏剧

---

[1] "两者十分类似"：传统上，丑角剧出现在童话剧或其他戏剧类别的尾声部分，一般包含与主干剧情完全不相关的故事和人物。从一部分到另一部分的转变过渡由一幕夸张炫目的转变场景衔接。在这幕场景中，主干剧情中的人物被施以魔法，变成了丑角剧中的经典人物。在此狄更斯把转变的场景与大选之后的政府换届相提并论。

史上有任何先例，是在全国范围内耍杂技的。除了一位不知名的先生，曾代表已故的理查逊先生[1]，四处翻筋斗。当然，他也不是权威人士，因为他不是经常在舞台上表演。

然而，这个问题毕竟只是品味问题。如果我们把这个问题放在一边，我们会自豪满满、心满意足地想起，这一段时间里，我们的小丑们表现出怎样娴熟的技艺。他们夜复一夜地扭动着身体，四处打滚，直到清晨三四点钟方才作罢。他们做出最最古怪可笑的举动，以能想象出的最最滑稽可笑的方式互扇耳光，而不表现出丝毫的倦怠之意。他们做出上述种种行为时，周遭伴随着奇怪的噪音、混乱的场面、叫喊和呼号声；就连最最喧闹、节礼日整夜呼喝声不断的六便士画廊也都相形见绌。

如果你亲眼见过他们中的某个丑角在公职的魔杖难以抗拒的影响力下，被迫经历让人惊诧的种种扭曲时，你会觉得尤为奇怪。而将这根魔杖举过他的头顶的正是他的上司，也就是哈里昆。在这奇妙法术的影响下，他会变得一动不动，手、脚、手指都纹丝不动，甚至会立即丧失语言能力。然而，另一方面，如果需要，他又会变得活力满满、充满生气；滔滔不绝地倾泻出一股股没有任何目的或任何意义的话语洪流，摆出最最狂野、最最匪夷所思的扭曲姿势；甚至会匍匐在地上，舔食地上的尘土。这些表现与其说让人愉悦，不如说让人觉得古怪。确实，这些行为只会让人厌恶，不会给人其他感受。除非是这

1　理查逊先生：约翰·理查逊（1766—1836），演员，经理人，创立了出入伦敦四处流动巡演的露天剧院。在《博兹特写集》（1836）的《格林尼治市场》一文中，狄更斯描述了理查逊的剧院。

种行为的仰慕者们，而我们必须承认，我们和他们可不是同道中人。

而暂时拿着魔杖的那位哈里昆也实施了奇怪的魔术——非常奇怪的魔术。至于那根魔杖，我们刚刚提到过。不过是在一个人的眼前挥舞一下魔杖，他脑海中先前储存的所有观念就会被清除殆尽，充斥脑海中的将是一套全新的观念。如果在某人的后背上轻轻敲一下，他外套的颜色就会完全改变。还有一些非常老道的表演者们，一开始一只手拿着魔杖，然后倒手将魔杖换到另一只手。这样施术的人阵营也会变来变去；每发生一次变化，外套的颜色就会改变。这种变幻发生得如此迅速敏捷，即便是最为锐利的眼睛也很难察觉他们的动作。偶尔，将魔杖授予他人的那位天才人物会将它从目前的持有者手中夺下来，然后将它交给另一位表演者。这时，所有人都会变换阵营，然后新一轮的竞争和碰撞又会再次开始。

我们本可以将这一章的篇幅大大扩展加长——我们本可以将这种对比拓展到覆盖许多自由职业——我们本打算揭示——这事实上也是我们的本意——每个职业都是一幕小小的童话剧，有着自己完整的场景和人物。但是我们担心我们的篇幅已经足够冗长了，我们也将就此结束这一章。一位先生，一位并非不知名的戏剧诗人，曾在一两年前写道——

> "全世界是一个舞台，
> 男男女女不过是舞台上的演员。"[1]

而我们离他只有区区几百万里格那么一丁点儿的距离，追寻着他的脚步，试图通过新的解读为他的诗句加上一些注解：他所指的正是童话剧，我们全都是生活的童话剧中的演员。

---

1 "全世界是一个舞台，/男男女女不过是舞台上的演员"：莎士比亚的《皆大欢喜》第二场，第七幕，杰奎斯所做著名演讲的开场词。

关于狮子的一些详细说明

一般说来，我们对狮子怀有尊敬之情。与其他大多数人一样，我们听说过、也读到过很多例子，证明它们的勇敢和慷慨。我们很是仰慕它们英雄般的克己，以及让人倾慕的仁慈；这些品质促使它们轻易不去吃人，除非实在饥饿难耐。据说在某些情况下，它们会对未婚的女士们表现出一种适宜的礼貌态度，我们对此也是深有所感。所有的自然历史上通篇都是展现它们优秀品质的奇闻轶事。一本老旧的拼读书特别叙述了一头老狮子的感人事例。这头狮子有着极高的道德自尊，也极有原则性。面对一个沾染上骂人恶习的年轻人，他认为自己有着义不容辞的责任，必须吃掉他，向正在成长的一代年轻人示警立威。

这些故事回顾起来总是让人极为愉悦，它们也确实说了很多对狮子的整体形象有利的话。然而，我们不得不说，我们恰好遇到的那些个别的狮子并没有表现出任何引人注目的特性，也并没有按照纪实作家赋予它们的骑士般的性格行事。当然，我们从未见过一头狮子处在所谓的"自然"状态下。也就是说，我们从没遇到过在森林中行走的狮子；或是在烈日炎炎下蜷缩在兽穴中，等着它的晚餐自己送上门来的狮子，那晚餐热气腾腾地，好像刚从面包店新鲜出炉哩。但我们见过一些狮子身受被囚禁的影响，承受着不幸带来的压力。我们必须说明，在我们看来，它们似乎是非常冷淡、迟钝的家伙。

比如说，动物园[1]里的狮子。它大体上非常健康。不可否认，它有着狮子的鬃毛，而且看上去非常凶猛。然而，上帝保佑我们！那又怎么样？时尚界的狮子们看上去也很凶猛，实际上是最最人畜无伤的生物。一头箱式大厅[2]的狮子或一头摄政街的动物会做出一副顶顶可怕的样子。如果你冒犯他，他会可怕地大声吼叫。但他从不咬人。如果你主动很有气势地攻击他，他会耷拉着尾巴，赶紧溜走。毫无疑问，这些动物们有时会成群结队地四处游荡；如果它们遇到外表格外温顺、性格非常平和的人，会试图去吓唬一下他。但任何有力反抗的一点点迹象都足以把它们吓退。这些都是很讨人喜欢的特质，然而我们要对动物园的狮子以及它在集市上的同胞兄弟们提出观点非常鲜明的指控，它们是昏昏欲睡、半梦半醒、懒散倦怠的四足动物。

---

1 动物园：指伦敦摄政公园中的动物园，于 1826 年由伦敦动物学协会组建。原本只允许协会会员出入，后于 1847 年向公众开放。
2 厢式大厅：剧院的大厅。

除非到了喂食时间，我们不记得曾见过他们中的哪一只是完全清醒的。不管从哪个方面来看，我们都更愿意站在两足的狮子一边，而非袒护四足的狮子。涉及这一话题时，我们愿意勇敢地挑战一切争议。

了解了我们的这些观念后，您可以很容易地想见，几天以前，当我们熟识的一位女士拜访我们并说明来意后，我们的好奇心有多么的旺盛，兴趣多么高昂。我们曾委婉谢绝参加由她邀约的一场晚宴，而她坚决拒绝接受我们不能赴约的托词。"因为"，她说道，"我安排了一头狮子来到晚宴现场。"我们马上收回了我们已经有约的借口。之前我们有多想回避参加这次晚宴，这时我们就有多么迫不及待地想去看一看。

我们很早就到达了，随后就在客厅里找了块合意的地方待了下来，希望在那里可以看清那只有趣动物的一举一动。两三个小时过去了，瓜德利尔舞曲开始了，房间里站满了人，但狮子还没有现身。宅子的女主人伤心不已，——因为这些狮子专有的特权之一就是郑重做出承诺之后，又从不遵守承诺。——突然，临街的大门那里响起了两声巨大的敲门声。房子的主人先是溜了出去（他自吹是神不知鬼不觉的），从栏杆里往外偷看；然后回到房间里，极为欢喜地来回搓着两只手，然后用非常郑重其事的声音大喊着说："亲爱的，——（叫着那只狮子的名字）先生此刻已经到了。"

一听到这一消息，所有人的目光都转向了大门口。我们注意到，有几位年轻女士，之前还在快快活活、心情很好地大笑和交谈，此时却变得极为安静、极为感伤。而一些年轻的先生们，先前还又是开玩笑、又是闲聊，挺出风头；这时在身边人对狮子的期盼中突然显而易见地退缩了，还被旁人以冷淡和不屑的目光打量着。甚至从乐器商店里雇来弹钢琴的那位年轻人也很显然受到了感染，在极度兴奋的状态下，弹错了好几个音。

而在这段时间里，屋外一直有音量很大的交谈声，还不止一次地伴随有响亮的大笑声，以及"哦！太棒了！太出色了！"的叫喊声。据此我们推测，狮子想必挺能逗乐的，这些感叹都是在他的饲养者和主人交接的过程中发出的。我们的推测并没有错。当狮子最后露面时，我们听到，它那个子小小又一本正经的饲养员，举着手，难掩神情中的赞美之情，对几位和他熟识的先生低声说道："——（又提到狮子的名字）今晚心情真好！"

这头狮子斯文晓礼。当然，很多人前来欣赏和倾听它的咆哮声，因此也非常迫切地希望能被引荐给他。看见他们为此被带上前来，又看到狮子本着高贵耐心的性情接受了他们的轻拍和爱抚，真是令人非常愉悦。这一幕让我们清晰地回忆起我们在乡间集市里经常看到的场景。在那里，其他狮子会被人驱使着完成它们偶然间学会的各种礼节，这样的情况和它们碰巧参加各种让人生羡的聚会同样常见。

当狮子以这种方式呈现在大家面前时，它的饲养员也没有闲着。因为他正与人们打成一片，极为卖力地四处散布赞美狮子的话。他悄声告诉一位先生，这只动物上楼时说了多么棒的话，当然上楼这一行为也为说话这一复杂的思维过程增色不少。他对另一位先生低声简略地描述了前一日参加的一场盛大晚宴，席间二十七位先生不约而同地起立，请狮子再致一段祝酒词。他还对女士们做出各种各样的承诺，同意代她们向这只雄壮的猛兽索要亲笔签名，以装点她们的相册。随后，各个角落里都有人小声地私下询问，询问的都是关于狮子外表和体格的情况；它是不是比他们期待见到的要矮一些，或是高一些，瘦一些，胖一些，年轻些，或是年老些；它和它的肖像画像，还是不像；它的眼睛特有的眼影到底是黑色、蓝色、淡褐色、绿色、黄色，还是混合色。面对这些问题，饲养员都予以了解答。总之，狮子是讨论的唯一话题。直到他们安排狮子坐下，安静下来，人们才重拾他们交谈的老话题——回到关于他们自己、关于彼此的一些话题中来。

我们必须承认，当时我们颇有些不耐烦地期待着主人家宣布晚宴开始。因为，如果你希望看到一头驯养的狮子处于良好适宜的环境之下，选择喂食的时间是最合适的。随后，我们很高兴地注意到，宾客中起了一阵骚动。我们很明白这意味着什么。紧接着，就看到狮子陪伴着女主人走下楼来。我们搀扶着一位熟识的年长女士，而她——亲爱的老太太——是世间所有人中最适合搀扶着去就餐的。因为，尽管房间那么小，参加聚会的人又那么多，她肯定能凭借着天生的觉察力，摸清周遭的环境，把她自己和她的引导者又推又拽地带到桌上最好的菜肴旁边。——我们方才说到，我们将自己的手臂递给那位年长的女士，然后紧跟着狮子，走下楼来，并很幸运地在几乎正对着他的地方找到了一个座位。

当然，饲养员已经候在那里了。他所处的位置离他照顾的对象距离刚好，这给予了他合理正当的托词，当他对着狮子说话时，声音可以提得足够高，足以吸引所有宾客们的注意力。他马上开始着手认真工作，把狮子牵了出来，并让它完成了全套的演练。他从狮子那里激发出怎样的智慧的火花啊！首先，他们开始对着盐瓶说双关语。然后，他们又对着一只家禽的胸脯说双关语。再然后，又说了一些关于琐碎事的双关语。但最好的笑话绝对是关于龙虾沙拉的。涉及最后这一主题时，狮子是表演得最起劲的。它的表现甚至超越了很多资质最好的权威人士。这也是一种极好的在社会上扬名出彩的方式。在下区区不才，认为这种对话方式是基于一种经典的对话模式——潘趣先生和他的业主朋友之间的对话的。后者承担了所有繁重的铺垫工作，甘愿引导出各种笑话，引逗出 P 先生自己机敏的答复。而 P 先生一向能不失时机地趁机引得观众们大笑，从而获得观众们的赞誉，博取好名声。然而，不论这种对话是基于哪种模式的，我们将这种模式推荐给所有在场和不在场的狮子们。因为在上述例子中，它成功地引得人们倾慕，让所有听众赞叹不已。

当盐瓶、家禽胸脯、琐事和龙虾沙拉已经被反复谈论过，再也没有余地让人再多说一句俏皮话时；饲养员表演了一项非常危险的技艺，把自己的脑袋伸进了那只动物的嘴里，能否活命完全要靠它是否大发慈悲决定。现在有许多篷式卡车里的狮子仍在进行这种表演；尽管在一次表演中，表演者最终丧命，这类表演仍没有完全终止。鲍斯韦尔[1]经常会举出教训沉痛的例子，说明这项技艺令人痛惜的后果。饲养员们和助手们常常被他们的爱宠们撕碎，极其可怕。由于我们的狮子以最最温柔的方式表示，这样被戏耍对它来说太屈尊了。所以它最终坐着出租车与饲养者一起回家了。它表现得非常平和，只是略微有点喝醉。

我们陷入了沉思之中。在回家的路上，我们不由得仔细考量了这类狮子的性格和行为，并很快得出了结论；之前对它们的良好印象已经通过最近的这次亲眼所见得到了强化和证实。其他狮子在被人陪伴和受到褒奖时，即便没有回报以咆哮，但也表现得情绪低落、郁郁寡欢。而这类狮子看上去对人们予以它们的关注很是高兴。其他狮子们尽最大的努力逃离世俗之人的注意和凝视；而这些狮子会迎合大众的目光；它们与它们那些在强制下才肯有所行动的同胞不同，总是乐意在好奇的大众面前展示自己的才能。我们知道一些熊，它们虽具有毋庸置疑的能力，但当一大群观众的期待被调动到顶峰状态时，它们却武断地拒绝跳舞。还有一些接受过良好训练的猴子，莫名其妙地拒绝表演走软绳的技艺。另外还有一些无疑极具天分的大象，突然谢绝表演转动手摇风琴筒的绝活儿。但我们不管是通

1　鲍斯韦尔：詹姆斯·鲍斯韦尔（1740—1795），苏格兰传记作家，曾为英国词汇学家、作家塞缪尔·约翰逊(1709—1784)作传。

过书面方式还是其他方式，了解或听说的情况是，任何一只二足狮子，在条件允许的情况下，都会贪婪地抓住提供给它的任何机会，尽情地演奏第一小提琴。

罗伯特·波尔顿先生：一位出版界从业人士

　　在威斯敏斯特大桥附近，一处名为"绿龙"的酒吧客厅里，每个人都喜好谈论政治，每一夜大家都谈论政治。而最大的政论权威是罗伯特·波尔顿先生。他自称是一位"出版界的从业人士"，这是一个奇特的、模糊不清的自我定义。罗伯特·波尔顿先生有着一圈固定的倾慕者和听众。他们中有一位殡仪员，一位蔬果小商贩，一位美发师，及一位面包师。面包师的大肚子置于两条极短的腿上，肚子上顶着一颗男人的脑袋。还有一位一身黑衣的瘦削男人，姓名、职业、经历皆不详。他总是坐在同样的位置上，总是摆出不变的长长的、茫然的脸；即便身边正在进行最热烈的交谈，也从不开口说话，只会吐出一股烟草燃烧而生成的烟雾，或是没好气地吐出一声响亮而尖锐的"哼"！有些时候，谈话会涉及文学。波尔顿先生是位文字工作者，谈话涉及的总是这位天才人物独家爆料的当日新闻。前几天夜里，我恰好（当然，全是机缘巧合）待在绿龙酒吧里，有点被下面这段谈话逗乐了，因此将谈话内容记录了下来。

"你能借我一张十英镑的钞票么，圣诞节之前还给你？"大肚子的美发师问道。

"克利普先生，你有担保么？"

"我可以用做生意的存货担保，——我想，数量应该足够了，瑟克利斯先生。五十顶假发，两根木杆，半打垫块，还有一只死熊。"

"不，这样的担保我可不借。"瑟克利斯怒气冲冲地说。"不论以辉格党成员[1]还是木杆为担保，我都什么也不借。说到辉格党成员，他们都是一帮骗子；说到木杆，它们换不来钱。我从来不与木头脑瓜发生纠葛，除非我无法回避（真是讽刺）。一只死熊对我而言，就如同我对它一样，毫无用处。"

"那好吧"，对方怂恿道，"这儿有本蒲柏所有的书[2]，是本拜伦的诗集，价值四十镑。因为它的背页有蒲柏本人的草书手迹，你觉得这本书作为担保怎么样？"

"哦，那当然好！"面包师叫道。"不过你说书上有蒲柏的手迹，这是什么意思，克利普先生？"

"我是什么意思！嗨，书上有蒲柏最棒的留言：

1　辉格党成员：其英文是 Whigs，与假发 wigs 的拼写非常相似。这里瑟克利斯将两个词弄混了。辉格党是 19 世纪上半叶议会的两大政治党派之一（另一个党派是托利党）。在这一时期，辉格党代表的是工业资本家的利益，支持自由贸易、宗教异见、宪法修订和社会变革。

2　"这儿有一本蒲柏所有的书"：关键在于，这是不可能的。因为奥古斯都诗人亚历山大·蒲柏（1688—1744）早在浪漫主义诗人乔治·戈登·拜伦爵士（1788—1824）出生 40 余年前，就已经溘然离世了。

如果畏惧刽子手的绞绳，可别偷这本书；
只因为它是亚历山大·蒲柏之物。

这些句子都写在书的装帧页内侧。所以，就像我儿子所说
的，我们不得不相信它是真迹。"

"呃，先生"，殡仪员毕恭毕敬地评论说，声音压低到像是
耳语的程度。他弯下身子，伏在桌子上，说话的时候还碰翻了
美发师的一杯烈性酒。"这个论点很容易推翻。"

"也许，先生，"克利普有点儿慌乱地说道，"你应该先偿
清你撞翻的第一个物件，再考虑推翻另一件事。"

"好啦，"殡仪员一边说，一边十分友好地对美发师鞠着
躬。"我想，我是说我想——请您原谅我，克利普先生。我
想，你要知道，现在的这些客人们不怎么愿意喝这种酒——不
凑巧的是，我师傅有幸为这位先勋爵家的女仆制作棺椁，刚刚
好是二十年之前的事情啦。先生们，不要觉得我以此为荣。其
他人可能会以此为荣，但我厌恶任何品阶。我对待勋爵的男仆
不会比对待这房间里任何尊敬的商人更为毕恭毕敬，也不会比
对待克利普先生表示更多的尊重！（鞠躬）因此，那位先勋爵
应该是在蒲柏去世好久之后才出生的。合理的逻辑推断是，他
们俩并不生活在同一时期。所以我的意思是，蒲柏不可能拥有
过，或者是阅读过、感悟过乃至闻嗅过那位先勋爵的任何一本
书（得意扬扬地）。还有，先生们，鉴于你们如此耐心地听我
表达自己的观点，为了最好地回馈你们所表现出的善意，我感
觉自己必须坐下来，再也不多嘴多舌了——尤其是我看见一位

比我更值得尊敬的客人刚刚走了进来。先生们，我不太习惯说恭维话。因此，当我说恭维话时，我希望能让人感受到双倍的诚意。"

"啊，穆戈特洛伊先生！你说什么用双倍的力气击打[1]？"上面谈话中提及的那个人一边走进门，一边说道。"如果一个人在大冬天里勃然大怒，我可从不体谅。即便他像你一样，坐在离炉火这样近的地方也不行。让你自己出这样一身大汗，这很不明智。先生，是什么让你身心都如此兴奋？"

这就是罗伯特·波尔顿先生颇具哲学意味的演说。他自称是一位速记作家——这是他们行业内流行的一句语义双关的通行话。这句话肯定会让圈外人产生这一部门机构设置如何庞大的想象；然而对圈内人来说，它意味着没有一篇文章能够获得享受他们服务的资格。波尔顿先生是一位年轻人，面部表情有些病态和放荡不羁。他的服饰融文雅、邋遢、幻想、简约、新潮和老迈于一个精美的整体。全身上下一半是冬天的服饰，一半是夏天的服饰。他的帽子依照最新潮的剪裁方式制作而成，是奥塞[2]风格的；他的裤子本来是白色的，但由于被泥污和墨水浸染过，看起来成了杂色的。他脖子上戴着一个非常高的黑色领巾，领巾显得专横而生硬。而他全身的着装效果隐藏在一件老旧的、褐色的、波多利领的大衣重重叠叠的褶皱里，大衣严严实实地一直扣到了上文提到的领结处。他的手指从他黑色

---

1 原文为 striking with double force。殡仪员意指让人感受到双倍的诚意，而罗伯特·波尔顿先生理解为"用双倍的力气击打"。

2 奥塞：一种由海狸皮毛制成的高顶礼帽，在十九世纪早期颇为流行。

的小山羊皮手套的指端向外张望，每只脚都有两个脚趾从他的有带皮靴的顶端看着外部社会。对比他所居住的阁楼中空无一物的墙壁，他内里的着装显得神秘又神圣。他是一个矮小又瘦削的男人，风度和仪态有些欠缺。他一走进房间，每个人似乎都有些受他影响，而他向每个成员打招呼时颇有些屈尊施恩的味道。美发师在他自己和大肚子之间给他让出一条道来。一分钟后，他已经拿到了自己的啤酒和烟斗。谈话中断了一下。每个人都在等待着，大家都很急切地想要听到他带来的第一个消息。

"今天早晨，威斯敏斯特区发生了一起可怕的谋杀案。"波尔顿先生评论说。

每个人都调整了一下他们的位置。所有人的眼睛都盯着发表评论的那个人。

"一个面包师谋杀了他自己的儿子，在大锅里把他给煮了。"波尔顿先生说。

"天哪！"出于恐惧，每个人都不约而同地惊叫起来。

"把他煮了，先生们！"波尔顿先生补充说，最大限度地做了强调，"把他煮了！"

"那么作案细节呢，B. 先生，"美发师询问道，"作案细节呢？"

波尔顿先生长长地啜饮了一口黑啤酒，又吸了二三十口烟草。这些举动无疑让这些经商身份的客人们深刻认识到这位出版业从业人士高人一等之处。然后他说道：

"那人是一位面包师，先生们。"（每个人都看着那位在场的面包师，而面包师本人则瞪着波尔顿。）"他的被害人是他的儿子，也必然是一位面包师的儿子。这个悲惨的杀人凶手有一个妻子。当他喝醉酒时，经常习惯性地踢她，用拳头打她，扔杯子砸她，把她打倒在地；睡觉时在她嘴里塞上好大一块床单或毛毯，把她噎得半死。"

说话的人又喝了一口酒。人们面面相觑，随即都大声惊叫起来："太可怕了！"

"有证据显示，先生们，"波尔顿先生继续说道，"昨天夜里，这位名叫索亚的面包师回到家时，喝啤酒喝得烂醉如泥，难逃罪责。S.太太本着伴侣的体贴之心，把醉酒的他搬上楼去，搬到他的房间里，然后让他躺到两人的卧榻上。没过一会儿，她就躺在这人的身边睡着了。没想到这人到第二天黎明时已经成了一个杀人犯！"（四周一片寂静，这提醒讲述者，他描述的画面已经营造出他所期待的恐怖效果。）之后过了大约一小时，这家的儿子回到家，打开门，上楼去睡觉。他还没来得及脱下裤子，这时恐惧的尖叫声（他能听出这是他母亲的尖叫声）划破了周边夜色的寂静。他又再次穿上裤子，跑下楼去。他打开了父母卧室的门。他的父亲正踩在他母亲身上跳舞。他当时做何感想啊！当时他痛苦不已，眼见他的父亲正要把一把刀插入他母亲的肋下，这时他向他父亲冲去。母亲大声尖叫。父亲用双臂把儿子抓牢（儿子已经把刀从父亲手中夺了下来），把他搬到楼下，又把他推进了一锅漂洗着亚麻布的滚水中，盖上盖子，然后自己跳到锅上将盖子压住。他这样做时，母亲也已经赶到了这间发生悲剧的洗衣房，发现丈夫一脸凶相地蹲在锅子上。

"我的孩子在哪儿？"母亲尖叫着问道。

"在那口铜锅里，煮着呢。"那位慈祥的父亲冷静地回答道。

得知这一可怕的消息后，母亲深受打击。她从房子里冲了出去，惊动了街坊邻里。很快警察就赶到了。而那位父亲把洗衣房的门闩好，自己则逃之夭夭。他们把被煮的面包师毫无生气的尸体从大锅里拖出来，然后马上把它送到了附近的警察局。对于像他们这种身份的人来说，他们应对之敏捷值得赞扬。随后，犯案的面包师被捕了。被捕时，他坐在议会街的一根路灯柱子上，正点着他的烟斗呢。

即便把《乌铎尔佛的奥秘》[1]全书恐怖的理想主义情节精简浓缩成为一篇十行左右的短评，它可能也不会如此感染叙述者的听众们。静默是所有掌声中最纯粹的，也是最高贵的。它充分证明了面包师的残暴，也充分证实了波尔顿的叙述能力。直到又过了几分钟，沉寂才被在场每个人强烈义愤之下的感叹之辞打破。面包师很疑惑，一位英国面包师怎么能这样羞辱自己，也让自己所属的极为光荣的行业蒙羞。而其他人则沉浸在与这个话题相关的种种惊奇中，其中很大程度上惊奇是因为罗伯特·波尔顿先生是这样的才华横溢又消息灵通。而在大家

---

1 《乌铎尔佛的奥秘》：安·拉德克利夫（1764—1823）所写的哥特小说。安·拉德克利夫是此种文类的先驱之一。这部小说于1794年出版，以悬念、伤感的恐怖事件和看似超自然的事件为主要特征。

热情歌颂了他本人，以及他在日报出版社难以言喻的影响力之后，罗伯特·波尔顿先生一脸严肃地开始听取关于教皇手稿问题的正反两方面意见。这时我拿起帽子，起身离开。

一位家长写给两岁零两个月孩子的家书

我的孩子：

我现在并不打算讲述养育你的种种艰辛——我是怎样焦虑地注视着你的进步，——我是怎样频频为你工作到夜色沉沉，——在你的各位亲眷和朋友中，许多人性情急躁、要求严苛，而我与他们往来了数以千计的书信，详述我怎样怀着满腔的惦念和柔情，（在我力所能及的范围之内）仔细检查和挑选你的口粮。一些不甚明智却一片好心的老太太们想让你咽下一些难以理解又耗费脑力的材料，而我一一将它们拒绝，只保留那些轻松宜人的文章。这些文章经我精心挑选，相信定能使你避免所有粗俗的幽默，成为一个讨人喜欢的孩子，能够得到社会普遍的欢迎。——我也不打算详述我怎样坚持不让你涉足政治，以免让任何群体觉得厌烦，——怎样总是向你保证，当你长大些后，终有一日，你会感谢我所做的一切。——总而言之，我目前并不愿意絮絮叨叨地讲述我身为父母的种种辛劳。尽管如此，当我注视着你漂亮的相貌——而你健康茁壮、流通顺畅时（我认为这些正是你生着一副好模样的秘密所在），我怎能不心满意足、满心欢喜。

有这么一个老调重弹的观点。观点认为，我们恰逢一个前所未见的年代；生活的每一天都充满了变化，常变常新。年轻如你，相信也经常听人反复提及这一观点。不过一两周前，我见证了一个令人伤感的例子，印证了这一观点。我坐着一列邮政火车从曼彻斯特返回伦敦。途中我突然撞见了另一列火车——回想起来，应是一列客货混合列车，而引起这场事端的是一位沮丧落魄、郁郁寡欢、举止失当的邮局守卫。我们的列车在某火车站停靠时，对方正在那里补给用水。他本坐在一间小哨房里，这时他缓缓从哨房中走出来，嘴里令人反感地嘲讽着自己昔日的情境。过去，他身边总是带着手枪和大口径短枪，随时准备击退胆敢拦截马匹的公路路匪（或铁路路匪）。而那些马匹现如今只在车厢里面出行（如果它们仍需出行的话），待在为出行特制的可移动马厩里。我之前提到，他缓缓地、悲伤地从他的工作岗位上走了下来，悲哀地环视着身边的一切，似乎陷入了凄凉的回忆：路边的老酒吧，炽热的炉火，满玻璃杯的泡沫啤酒，体态匀称的女仆，以及那些酒吧间和马厩里的爱慕者和追随者们。如果能得到他的垂青，他们可都是会觉得很荣幸的。随后，他略略后退了几步，斜靠着一根信号杆站立着；以一种夹杂着痛苦和厌恶、难以言喻的眼神打量着火车头。他猩红色的外套和金色的饰带被这卑鄙的烟雾所污染，失去了光泽；片片煤灰落在他光鲜的绿色披肩上，——这可是他昔日的骄傲啊。——蒸汽在我们方才穿行通过的隧道里凝结，像雨水一样洒落在他的帽子上。他的眼睛像是在说，他想起了昔日的那些马车夫们。当他的目光四处游移，定格在自己的座位和自己越来越破败的制服上时，显而易见，他觉得自己的这份工作和他本人一样，在这里都毫无用处。他们微不足道，不过是一个精心设计的恶作剧罢了。

当我们乘坐的火车开走时，我不知不觉地沉浸在对未来日子的期盼中。那时邮政马车的护卫们不再是鉴定马匹的行家，——那时邮政马车的护卫甚至从未见过马，——那时火车站已经取代了马厩，苞谷粒儿已经让位于焦煤。"在那些开创性的年代里，"我想，"展览大厅里会充斥着女王陛下最钟爱的火车头的肖像画，还有未来的兰塞尔们[1]绘制的锅炉写生。某位尚未降生于世的安伯格[2]，彼时将运用他的魔法力量驯服野马；然后身着邮政马车护卫的服饰，在一辆邮政马车模型里展示他驯服的动物们。随后，疑惑的人群会看到，他是如何除了使用鞭子以外，就完全是用眼睛在指挥动物。王室成员们观赏它们吃燕麦，观赏它们纹丝不动又身姿笔挺的卓尔不群的站姿。当那些骏马嘶叫时，台下的观众们甚至会惊惧交加、择路

---

1 爱德温·兰塞尔 (Edwin Landseer 1802—1873) 英国画家。以动物作品著称，并得到维多利亚女王的青睐。

2 伊萨克·凡·安伯格 (Isaac Van Amburgh) 英国著名驯兽师，出生于纽约州菲什基尔。1838—1845 年间，他带着大型猫科动物在欧洲巡演。

而逃！"

我的孩子，上文所述的就是我的一些思考。我刚刚才从这些思考中回过神来，因为现在需要关注一些虽不甚重要、却仍需关注的手头之事。发生这种话题上的偏移并非我的失误；因为这种话题转换很自然地将我引到"变化"这一主题上，而这正是我想要好好聊聊的主题。

我的孩子，事实上，你已经易手。从今以后，我将你托付给我极为珍视的一位密友，安斯沃思先生。而他将以监护人的身份对你予以保护。我最诚挚的祝福和最热切的感情将与他同在，也与你同在。将你转让并不能带给我任何收益或利润，我也不会要求你将名下的任何资产转让于我。因为，在这一方面，你一直是名实相符的《宾利杂录》，你从来不曾属于我。

我与曼彻斯特老式邮政马车的驾车人不同。我纯粹以喜悦和满足的心情看待世事变化和形势变迁。

而你的监护人也与曼彻斯特邮政火车的守卫不同。你的监护人对他的新职务驾轻就熟，声高气粗的路匪和骁勇蛮横的暴徒都会任由他驱使。我的孩子，如果我能将你比作一驾火车头（既非托利党的引擎，也非辉格党的引擎，而是一驾轻快、高速的火车头）；将你的朋友们和恩主们比作旅客，将从今往后对你代尽父母职责的人比作技术娴熟的工程师和总管；我想谦恭地请求你们同意，暂缓片刻发动这列列车，容它稍后再开启这段全新的吉祥之旅。而我将持帽在手，与旧日里一路同行的友人肩并肩地一起走近。请容许我代表这位友人，也代表新近交托于他的看护对象，恳求你们给予他们关爱和青睐。你们的厚爱既施惠于他们，也施惠于那位老迈的马车夫。

博兹

对童话的欺诈

　　我们认为，我们对自孩提时代就陪伴我们的童话文学满怀柔情，这并非什么奇怪的事情。它们在我们幼时就令我们痴迷，现在也正俘获着成百万颗充满幻想的年轻的心。在生命最受上苍眷顾的时刻，童话让大批完成了漫漫长日里工作的男人和女人沉醉其中，他们俯下他们鬓发俱白的头，得以安享休憩。通过这些小小的渠道，我们收获了多少温柔与慈悲，真是难以估量。宽容、礼貌、善待动物、热爱自然、关怀贫穷老迈，厌恶独裁暴力——许许多多这样的好品质都借助这一强大的手段，开始在孩子们的心里滋长。从某种意义上说，童话对让我们永葆年轻大有裨益。它在我们世俗的生活方式中保留了一条未被杂草遮蔽的小径。在这儿，我们可以与孩子们漫步，分享他们的喜悦。

　　在一个信奉功利主义的时代里，相较其他时代而言，童话故事显得更为重要，更应该获得尊重。我们的英式官样文章太爱打官腔，难以用于书写这些琐碎小事。然而，但凡是思考过这个问题的人，就都应该十分明白，一个没有想象力、没有传奇的民族，从前不曾、现今不会、今后也将不会在全世界占据一个重要的位置。戏剧已经将这些绝妙的故事糟蹋得够厉害了——这在滥用它自己职能的同时，也以最令人警醒的方式破坏了戏剧表演本身，辜负了戏剧艺术家们和戏剧观众们。——鉴于此，这些小小的童书应被视作想象力滋长的沃土而得以保留，这一点尤为重要。为确保它们能发挥作用，我们应该尽可能地保留它们简朴、纯净、天真而又至情至性的特质，就好像它们是真实存在的事件一样。如果有人擅自修改故事内容，使之契合自己的观点；不论他是谁，也不论他所持观点为何；其行为都是对我们思想的亵渎，都是傲慢的行为，是肆意侵占本不属于自己之作品的行为。

最近，我们痛心地注意到，有一只难以驯服的贪婪野兽不管不顾地侵入了童话的花园。这只野兽在玫瑰花丛中乱翻乱拱、胡作非为，仅这一行为就已经在我们心中激起了义愤。更令我们痛心的是，粗暴地驾驭着他的是一位天才人物，也是我们挚爱的朋友，乔治·克鲁克香克先生。在所有人中，这位才华无双的艺术家是最不应该用他技艺精湛的双手染指童话文本的。在他自己擅长的艺术领域中，他对童话有着完美的理解，也曾用美丽、幽默、智慧的笔触为童话创作插画。他本不该放下他的蚀刻钢尖笔去重写吃人巨妖的故事，因为他本可以凭借小小的钢尖笔更为妥帖地赋予巨妖不凡的生命。然而，我们这位亲爱的道德家轻率地改写了吃人巨妖、小拇指及他们家人们的故事，将改写后的童话文本作为宣扬禁止饮酒、禁售烈酒、自由贸易和大众教育等理念的工具。为了引入这些话题，他已经改写了一个童话故事的文本；而我们也声嘶力竭地抗议他如此这般自作主张，居然做出这种事情来。他还用类似的手法重写了《魔瓶》的故事，只为替那绝妙的系列插图做宣传。我们还预见到，不久，我们就会读到由 E. 摩西父子改写的新版《两只小好鞋的故事》，由霍洛韦教授改写的《手持药膏盒的苦行僧》的故事，以及由玛丽·韦德莱克改写的《杰克和豆茎》的故事。最末的那位正是凭借《你是否已经打好你的燕麦片了》而广受欢迎的女作家。这一事态的发展就更令我们不安了。

目前，不管我们与我们尊敬的朋友克鲁克香克先生意见相合还是意见相左，我们都反对他篡改古老的童话故事，这一立场毋庸置疑。不管这些故事改写得是好还是坏，追根溯源，它们都像是关于杂草的著名定义所描述的那样，是在错误的地方生长出来的植物。他没有任何正当的理由，去擅自改写这些无害的小小童书；正如我们没有理由在他最好的蚀刻版画上随意涂鸦一样。如果人们纷纷效仿这样的先例，我们一定很快就会对这些现代大人物们肆意涂抹的古老故事心生厌恶，这些故事最早的版本也很快就会失传。如果有七个蓝胡子，分别在某人浮沫般的嗜好所建构的舞台上活动；而现在他们都从各自的舞台上疾驰而来，在同一场景下相互角逐争斗。一两代人之后，将没有人能分辨这些故事的真伪，伟大的原版蓝胡子故事将与仿写故事混为一谈。我们不妨设想一版禁酒版的鲁滨孙故事，故事里所有的朗姆酒都化为乌有了。设想一版和平版的鲁滨孙故事，故事里朗姆酒保留下来了，而火药全都被剔除掉了。设想一版素食版的鲁滨孙故事，故事里所有的山羊肉全部凭空消失了。设想一版肯塔基州风格的鲁滨孙故事，故事里添加了每周两次鞭打老黑人星期五的情节。设想一版土著人保护协会版的鲁滨孙故事，故事删去了土著人食人肉的情节；还在每次土著人登陆时，都安排鲁滨孙与亲切和蔼的土人热情拥抱。这么一来，一百年间，鲁滨孙就会在各种改来改去中被放逐出岛，而小岛则会被改写的海洋彻底淹没。

目前，社会上又出现了一种广见博识的职业，叫作戏剧舞台业。该行业主要由一个新近出现却业绩不凡的阶层——旅行推销商们运作。他们四处奔走，与各类人群邂逅，洞悉人间百态，并将见闻付诸文字。其中一些文章实属上乘的描写片段，而有一些文章则不尽如人意。让我们请这些先生中的一位为我们改写《灰姑娘》的故事。这位先生不仅业务能力颇强，业务范围亦拓展极广。

很久很久以前，一对富裕的夫妇膝下育有一个冰雪可爱的女儿。她是一个美丽的孩子，年仅四岁时就主动申请加入了少年禁酒会．当女孩不过九岁时，她的母亲去世了。她所在教区里所有少年禁酒会的成员，——即中央教区五百二十七号——组成了一支两两一行、总人数达一千五百人的游行队伍，吟唱着四十二号合唱，"来吧"，陪同她护送灵枢至墓地。这处墓地坐落在小镇之外，受当地卫生局的管辖。该机构会定期向白厅的卫生总局汇报本地的工作情况。

失恃的小姑娘对母亲的离世非常悲痛。她的父亲一开始也很悲痛；但一年之后，他就再婚了——他娶了一位性格暴躁的寡妇，这位继母还带来了两位同她一样暴躁、骄傲又专横的女儿。他很清楚，他本可以简单地在登记员面前宣个誓，与这位女士按照民事程序完成婚礼的。但他笃信宗教教义，反感这一套世俗的婚嫁流程。于是他作为蒙特哥非安教派的一员，在牧师贾里德·乔克斯的主持下，遵循这一教派的庄严仪式举行了婚礼。这位牧师则抓住这一机会，大大宣扬了一番教义。

他与这位难相处的太太并没有一起生活很久。在她看来，他刮胡子时本应该使用冷水（参见医学附录 B 和 C），但他却习惯于用热水刮胡子，这真是可耻的行为。他羸弱的身子骨经受不住她暴脾气的打压，很快他就撒手人寰了。接着，他的遗孤就受到了继母和她两个女儿的残酷对待，她被迫去做厨房里最脏的活计；擦拭炖锅、清洗碗碟、点燃柴火——这些柴火所产生的烟雾不会自行消散，反而升腾凝结成黑色的蒸气，极为有碍支气管的健康。在家中，能让她免受虐待、享受片刻温暖的唯一地方就是厨房里的烟囱一角。因她在做完家务之后，曾坐在烟囱角的一堆煤渣之中，她那傲慢又骄纵的姐妹就称她为灰姑娘。

这片土地的君王从不喜欢与人争斗，却容许他人与自己起争执——这就是为什么他的臣民们成为世界上最伟大的一群制造商，日子过得既安稳又太平。恰逢这时，国王设下了为期两天的盛宴，席间全部的菜式就是洋蓟和燕麦粥，盛况空前、极尽华美。众多宾客将受邀赴宴，并在餐后听取精彩的演讲。从这些宾客中，国王之子将为自己挑选一位新娘。那对傲慢又骄纵的姐妹也收到了宴会邀请，但可怜的灰姑娘却无人知晓，她只好待在家里。

尽管如此，她性情温和，还是帮助那两个骄傲自大的人梳洗打扮；并毫不吝啬地用她令人欣羡的品味为她们添妆，仿佛她们曾经善待过她似的。就连她们着装时一连撑断了十七根束腹带，她也没有出言嘲笑。因为她熟知人体构造，知晓过度束腰会给身体带来极大的伤害，所以她自己从未用过束腹带。尽管如此，作为《再生记录》杂志的撰稿人，她在该杂志上就这一话题也总是保留意见。这本杂志是所有正派人士案头必备的读物。（杂志用包装纸干干净净、整整齐齐地裹好，售价为三点五便士）

期盼已久的时刻终于到来了。骄奢又傲慢的姐妹俩一阵旋风似地冲出家门，只为奔赴盛宴，随后听取精彩演说；只留灰姑娘一个人待在烟囱一角。不过，她总是忙着考虑"越洋一便士邮资制"的问题，她口袋里就装有一份该主题的演讲稿，演讲人是知名演说家，尼希米·尼克斯，演讲稿她还没有来得及读过呢。她很快就沉浸在那位天才传教士充满激情的滔滔雄辩中，这时她注意到身边来了一位女性亲眷（很多人可能不知道），男性与这位女性亲眷缔结姻缘是不合法的。我所指的正是她的祖母。

"你怎么孤零零一个人，我的孩子？"这位老太太对灰姑娘说。

"哎呀，祖母，"可怜的姑娘回答道，"我的姐妹们都赴宴去了，餐后还有演讲可以听呢。而我却坐在这么一堆灰里，浑身灰扑扑的，别人都叫我灰姑娘！"

"这可不行，"老太太很有精神地叫道，"少年禁酒会的成员永远不该失去希望！亲爱的，你赶紧跑去花园，给我摘取一只美国南瓜回来！一定要是美国南瓜，因为在那个独立国家里，在有一些地方，售卖任何种类的酒精饮料都是违法的。也因为美国养育了（除许多大大的南瓜外）女性的骄傲，布鲁姆上校夫人[1]。除了美国南瓜外，其他蔬果都不行，我的孩子。"

灰姑娘跑进花园里，把她所能找到的最大的那颗美国南瓜摘了回来。她的祖母立即将这枚品质优良的民主蔬果变成了一辆华丽的马车。随后，祖母又让她从捕鼠夹上取来了六只老鼠，把它们变成了六匹腾跃的骏马；它们不用承担折筋断骨、负荷繁重的驿马职责。接着，灰姑娘又去马厩的鼠夹上取来了一只大老鼠，祖母将它变成了一位衣饰华丽的马车夫，他也不用负担高得出奇的财产税。再然后，灰姑娘又从一柄洒水壶的背后取来了六只蜥蜴，祖母将它们变成了六名男仆；他们每个

1　布鲁姆上校夫人：19 世纪美国女权主义活动家艾米莉亚·布鲁姆（Amelia Bloomer）（1818—1894）。她大力提倡女性从传统长裙的束缚中解放出来，并在自己的杂志上大力宣扬由伊丽莎白·史密斯·米勒所设计的"土耳其式裤子"，也就是文中灰姑娘赴宴时所穿的灯笼裤。

人手中都拿着一份请愿书，准备呈给王子；请愿书上共有五万人的签名，以示对"提前闭店运动"[1]的声援。

"不过，祖母，"灰姑娘在一阵喜悦中回过神来，她看了看自己的衣服，说道，"我穿着这身破衣烂衫，这样怎么能到王宫去呢？"

"不用担心这个，亲爱的，"祖母回答道。

话音刚落，老太太用魔杖碰了碰她，她的破衣烂衫随即不见了，还被打扮得漂漂亮亮的。她并没有穿上当下女士们惯常所穿的服饰；已经有人证明那些衣服既非常的不收敛，又十分的不方便。而她下身穿着颜色鲜艳的天蓝色绸缎长裤，裤身在脚踝处收拢；上身穿着一件深褐色缎质皮上衣，衣服上洒满了银色的花朵；头戴一顶宽宽的麦秆辫草帽。帽子上还十分高洁地饰有一只彩虹色的蝴蝶结，由两根铃索系着，挂在帽子后面。裤子上则饰有一道金色的条纹。着装的整体效果之佳难以用语言描画；既实用，又妩媚，还十分低调。最后，老太太在灰姑娘的脚上套上了一双玻璃鞋；还评论说，若不是废除了玻璃的关税，这物件怎么也不可能用于制鞋。所有这些个税赋的效果不外乎是让发明创造受阻，让生产商觉得为难，还明目张胆地让消费者权益受到侵害。当老太太发表完这些智慧的评论之后，她就打发灰姑娘前去吃宴席听演讲了，还叮嘱她，一旦过了午夜十二点，绝不能多作停留。

1　提前闭店运动：1851年英国在伦敦举办"大展览"之后，首都的外来人口增多，从而促进了首都商业贸易的繁荣。许多商铺的所有者为追逐利润，竞相延长其店员的工作时间。为抵制这一现象，"提前闭店运动"在英国兴起，旨在敦促商人们缩短店铺营业时间。

灰姑娘抵达这场盛大集会时，引起了不小的骚动。由于一位美国来的代表刚刚提议由国王主持宴会；而这一提议得到了多人附议，在大家一致通过后，已经开始执行；所以国王不能亲自上前来迎接她。但王子殿下（他正准备提出第二项决议）走到门口，亲自将她扶下了马车。这位德行出众的王子从头到脚被滴酒不沾荣誉奖章遮盖得严严实实，浑身闪闪发光，就好像穿着全套的铠甲一样。而大厅楼座上的和平铜管乐队（由兰布金家族组成，共十八人，他们理应获得毫无保留的赞誉）演奏出动人心弦的旋律，又引发了人们更为高涨的热情。

国王的儿子将灰姑娘领到台上一处为持粉红色选票人士预留的位置上，很快就爱上了她。他完全没有了胃口，几乎没怎么碰他的那份洋蓟，燕麦粥也仅仅是用汤匙拨弄了一下。演讲随即开始了，两位能力不凡的代表花了一整晚时间就第一项决议发表演说，而灰姑娘完全沉浸在他们的滔滔雄辩中，还时不时喊道，"说得好，说得好！"她甜美的嗓音最终征服了王子的心。不过，说实在的，所有参加集会的男士也都爱上了她——无须质疑，他们爱上她也是情理之中的事。尽管她的衣饰在其他女士唐突荒诞的着装衬托之下，略略有损于她的美貌。

十二点欠一刻时，第二位优秀代表喝光了酒瓶里的所有水，晕了过去。国王于是问道，"眼下，这次会议是否先行休会，待到明天再继续进行？"他请赞成者先行举手，随后又请反对者举手。绝大多数人表示赞同他的提议，于是这一提议旋即付诸实施。灰姑娘安然回到家中。当天夜里，以及第二天全天，她满耳听到的都是对穿天蓝色绸缎长裤的女士的褒赏之辞，此外再无其他。

转眼又到了宴会和演讲的时间，暴躁的后母和骄纵傲慢的姐妹俩早早离开了家，免得位置被人抢占。她们刚一离开，灰姑娘的祖母就再次登门拜访，像前一次那样为她换了一套装扮。在兰布金家族的一阵欢迎声中，王子殿下再次亲自将她领至看台的粉红色席位上。

这位天赋过人的王子是一位很有感染力的演说家，又有一整晚的时间供他尽情发挥。他在八点欠十分时准点起身开始演讲，听众们对他回报以热烈的欢呼声，还热情地冲他挥舞着手帕。当听众的兴奋情绪慢慢平息下来一些后，他就开始对着集会的听众们发表演说——这些听众听取演说时从不会感到厌倦，那些一无所长的人们总是这样。听众们被王子的演讲深深吸引，聚精会神地倾听了四小时外加一刻钟。灰姑娘也完全忘记了时间，直到十二点的第一声钟声敲响时，她才急急忙忙地起身离开。当她走到门口时，她漂亮的服饰又变成了旧时的破衣烂衫，还在忙乱中遗失了一只玻璃鞋。王子捡到了那只鞋，于是他发誓说——因他在原则上是反对随意起誓的，所以，他当着一位治安官的面宣布：——他只愿意娶玻璃鞋的主人，也就是那位迷人的姑娘为妻。

于是他命人在所有报纸上就此事刊载了广告。这是因为这个国家并不存在广告税这一既不合法理、又难以公平施行的税种；也无人知晓何为报纸印花税——而这个国家的报纸种类却是与美国报纸一样多的，从报纸中获得的收益也丝毫不比美国报纸少。不计其数的女士们前来应征广告，假装鞋子是她们的；然而，她们中没有人能把脚塞进鞋里。傲慢骄纵的姐妹俩也前来应征，她们同样无法穿上那只鞋。随后，灰姑娘也来应征试鞋。在姐妹俩的冷嘲热讽声中，她径直走上前去，而那只鞋轻而易举地滑到了她脚上。多亏她祖母给了她经过改良设计合理的服饰；如果她不是穿着这套衣服，王子很可能没机会看到她的双脚。

婚礼在举国欢庆中隆重举行。王储夫妇的蜜月结束后，国王卸去了公职，由王子继承了王位。灰姑娘现在成为皇后，并遵照开明、开放、自由的原则积极投身于治理国家的事务中去。不论何人，只要吃她不吃的食物，或者喝她不喝的饮料酒水，都会被处以终身监禁。不论哪种报刊，只要宣扬的理念与她的理念不一致，都会被付诸一炬。所有的公共演说家都试图证明，如果世上有任何一人与他们就任何事有任何不一致，那人就是诡计多端的恶棍和寡廉鲜耻的怪物。她同时还对所有女性开放了选举权、竞选公职的权力和制定法律的权力；女人们因此获得了尊严，整天忙于各种公共事务，没有人胆敢爱慕她们。从此以后，所有人都过上了幸福快乐的生活。

一旦我们默许这种对童话的亵渎行为，这些故事也就会顺理成章地变成这个样子，若是不变成这样反倒令人难以置信。当威克菲尔德牧师厌倦了总是那么智慧时，那时的他才是最智慧的。我们已经日复一日地给这个世界增添了太多负累，就让这珍贵的古老故事免遭亵渎，以本来面貌留传于世吧。

别国的公众

在我们的《家常话》第九卷本中，自然而然的，我们需要对"公众"这一意义含混、指代多人的集体名词做一番探讨，找出它的确切居住地。需要提醒读者们的是，当"公众"被当作一则剧场里的笑话来讲时，它可从来不是一个褒义词儿。这则笑话听上去总是在抨击一群别国的公众；而这群公众也活该受到这样的嘲讽，尽管这一批评与本国的公众没有丝毫干系。如果我们考虑眼下的情势，那么我们最好以下面的方式开启第十一卷本，用柔和的笔触唤醒我们对"别国公众"的记忆：他们总是忽视自己的职责、权力和利益；显而易见的是，我们及我们的读者们与他们都丝毫没有干系。我们是头脑清醒、善于反思、反应敏捷的公众，总是能够胜任交付于我们的职责——对比之下，别国的公众遇事一贯懒洋洋地落在后面，行事很不替他人考虑。

让我们从我们的朋友《检查者报》最近重提的一桩旧事说起。"别国的公众"容忍自己挑选出来承担公职、服务大众的人日日夜夜与自己纠缠，消磨自己的生命；他们到底图的是什么呢？整件事的原委是这样的。随着大规模的铁路公司大量涌现，贿赂小职员的行为逐渐变得为公众所不容。一旦有公司爆出这样的丑闻，该公司都会立刻将涉事者清理出管理体系；反应迅速，值得称道。旅馆的经营者们很快也都普遍效法了这一明智的做法。公众（这里当然指的总是"别国的公众"）在旅途中本已行色匆匆、舟车劳顿，现在终于能从这一令人厌恶又徒增烦恼的额外支出中解脱出来。就像所有势在必行、合乎情理的改革那样，这一改革也波及许多更具体的生活领域，以更为微观的方式让人感觉有所裨益。然而目前，仍有一个行业一如既往、肆无忌惮地违反改革的精神，这就是剧院——它仍按自己陈腐过时的方式行事，纵容剧院的服务人员私自买下一些票位，再转售于他人，从"别国的公众"身上牟取暴利。除非"别国的公众"在支付了包厢和小隔间座位的费用之后，再额外付给剧场服务人员一些酬劳；否则他们就拒绝履行与"别国的公众"之间签订的合约。这就好像我们应该把出版商的职位出售给出价最高的人，然后任由他将每一期的《家常话》标价上调一两个便士，甚至是上调至他所能售出的最高价，再将上调后的价格作为他给予"别国公众"的特殊优惠。这篇文章写就的一两周后，我们花费了五先令，购买了夜间九点某场童话剧的一个座席。在我们高高兴兴地支付了买票的费用后，一个饥不可耐、拦路匪一般的服务人员将一份卷起的账单拍在我们胸口上，就像是用手枪的枪口对准我们似的；然后如同门卫一般态度坚决地站在门口，阻止我们坐到自己花钱预订的位置上去。（他连一个子儿的收益都不肯相让）目前，尽管剧院这一最受欢迎的娱乐机构已经放弃了从这种行为中获利，并且已经明明白白地指出了这种行为显而易见的荒唐之处，言明了其勒索的本质；但"别国的公众"还是在这种恶劣的敲诈行为面前俯首帖耳。尽管众所周知，也毋庸置疑，剧院这种娱乐设施目前正处于极为繁荣、前途又一片光明的形势下；尽管我们只需要随意观赏一部戏剧，就能感受到，许许多多剧中的演职人员，不论男女，都付出了大量劳动，又耗费了大量资金，不断自我教育和自我提升，从而培养了种种才艺；他们致力于创作真正的精品艺术，秉承艺术信徒的使命感和自我奉献精神，凭借出众的专业素养服务于这一行业；然而，我们仍然要冒昧地提醒"别国的公众"，这些都绝不是他们被如此恶意欺瞒的理由。当然，这里所说的"别国的公众"不论是与读者们还是与我们自己都毫无干系。

我们刚刚提及了铁路公司。"别国的公众"对铁路公司很是猜忌。他们这样的态度也并不是全无道理，因为"别国的公众"完全任由铁路公司摆布。我们仅仅注意到，一旦被它抓住什么由头，它总是毫不迟疑地对铁路公司大加抱怨。它已经抓住时机，抱怨了铁路资费的费率问题，并举例说明费率毫无疑问是太高了。不过，"别国的公众"是否听说过一个更为根本的系统呢？铁路公司是受制于这一系统的；它们还没有来得及挖掘出一英寸的泥土，或是在地面上铺设一根铁轨，就不得不任由这一系统肆无忌惮地运作，对财富挥霍无度，花费令人咋舌。为什么"别国的公众"不从源头上寻求解决问题，针对议会征求私人提案时的巨大花费发出自己的声音？为什么不当着众议院一众委员会的面进行调查，——既然多方都已经认定它们是世间最糟糕的审理委员会了？"别国的公众"是否充分认识到了执政不当过程中产生的腐败、挥霍和浪费？如果"别国的公众"得知，十年以前，如果将英国境内的每一英里铁轨都计算在内，所有铁路公司花费在议会程序和法务上的平均花销高达每英里 700 英镑，它会不会觉得震惊？

不过，假设"别国的公众"紧接着得知，其实这项开销——不是每英里 700 英镑，而是每英里 1700 英镑，"别国的公众"（当然，这笔开销的每个子儿都是花在它自己身上的）又会做何评论呢？然而，这份文字充沛、数据翔实的声明正是商业局发布的一份文件；这一文件现在已经很少见了——隐匿这种文件本来也理所应当，因为它会激发民众危险的好奇心。"别国的公众"还会从该文件中得知，某条计划从斯通通往拉格比的铁路专线，虽然最终没有施工兴建，相关提案的文案也已经遗失，但它初期花费在法务和议会流程上的总费用竟也达 146，000 镑之多！在那些人们喜笑颜开的日子里，对议会法烂熟于心的法律顾问会拒绝为标价为 100 畿尼费用的提案概要提供法务咨询，而欣然接受内容相同、但标价为 1000 畿尼费用的提案概要。代理律师则会当场利索地添上那第三个"0"，脑子里却专心致志地盘算着他设计"别国公众"的小小提案（如前所述，"别国的公众"与我们毫无干系）。面对这样的"别国公众"，读者们和我们也只能苦笑了。那时也是上天眷顾的光景，公共健康法案还没有问世。怀特查佩尔区向我们的保护神——法庭和议会，支付了6500英镑的费用；请求它们能够为了公众的福祉，慷慨地应允这一地区拆毁若干条令人嫌恶又滋生疾病与热症的街道。

我们的公众知道上述所有的事情，我们的公众并没有无视这些人犯下的巨大罪过。是身在某处的"别国的公众"——它能在哪儿呢？——总是让自己被欺瞒和被妄议。在过去的三四年间，在媒体自由这一众说纷纭、各方争论不休的问题上，它一直置身于疑窦丛生、混乱不堪的迷宫中。贵族们告诉它自由会带来极大的不便。毫无疑问，的确是这样。所有形式的自由无疑都是这样——当然，这只是针对某些人而言。对于偏爱黑暗且理由充分的人来说，光亮是极为不便的。在宁愿肮脏不堪也不愿整齐洁净的人看来，肥皂和水是特别碍眼的。然而，"别国的公众"发现贵族们在这个问题上总是以圆滑又枯燥的方式老调重弹，渐渐对此有些不安，于是想知道这些重弹老调的人到底想要什么——比如说，他们想知道，贵族们打算如何管理和引导危险的媒体。好了，现在他们可算是知道了。如果"别国的公众"愿意学习，新近出版的学习说明书就在他们面前摊开着。第一章是关于高等法院的，第二章讲述了一段个人的历险经历。关于这段轶事，也许总有一天他们会了解到更为翔实的细节。话说，联合王国某一重要区域的皇家驻地代表是一位十足的绅士，一位毋庸置疑的正人君子；此人对媒体知之甚少。然而，有人发现他私下里使用一些见不得光的污浊卑鄙的手段；动用公共财产买通媒体，博取一些溢美之词；还刻意无视媒体所做的一些卑鄙勾当，利用他们做一些不光彩的工作。此外，唐宁街的一个国家重要部门也高度涉嫌从事此类既愚昧又毫不体面的勾当；他们买通了世界上最善于溜须拍马的人群，以获得他们一星半点的吹捧。这些行径我们的公众都是了然于心的；很多迹象表明，他们对这一切显然也是非常上心的。然而，"别国的公众"却总是一副无关痛痒的态度，在很多问题上踟蹰不前。——他们什么时候才能真正了解情况，再三斟酌考量，然后采取行动解决问题呢？

英国军队在开拔前往塞瓦斯托波尔之前，状况不佳，产生了一系列问题。我国的公众能够触及问题的根本和症结所在，他们对这些问题的认识之全面也已经到了无以复加的程度。他们非常清楚《泰晤士时报》通信文章中披露出的种种问题；除去人们在刺激性经验中因忙乱、障碍以及情感的自然力量产生的影响之外，文章也指出了因管理不当、能力不足、混乱无序造成的种种乱象，民族士气因此倍受打压、萎靡不振。我们的公众对这一事实有着极为深刻的理解，深知它不是新近才暴露出来的问题。相反，类似能力欠缺、有损国格的行为在类似的历史时期也曾经广泛存在，直到劳工时代到来，一位了不起的人物横空出世。他能力出众，足以扭转英国腐败的政局，平息种种乱象。威灵顿和纳尔逊都做到了这一点，下一位伟大的将军或是下一位伟大的海军上将，必须且势必会完成同样伟大的功绩，并会凭借这份功绩流芳百世。我们目前正焦灼地等待着这位大人物出现，虽然可能需要等待一段时间；不过我们也欣慰地得知（如果我们可以这么说的话），我们在海洋或陆地上部署的军事力量并无意促成这一丰功伟绩诞生。鉴于上述事实，我们的公众做出了深刻的自我反思和细致的计划考量；今后他们将铭记这一真相，管理他们诸种事务的体制已经从内在腐朽坏死了；阶层鸿沟、门第之见和利益之争已经促使他们走上了一条非常狭隘的道路。聪明才智、坚忍不拔、远见卓识等优秀的国民品质以及手握资源产生的神奇力量使得英格兰拥有比其他国家更为出色的私营企业，但国家的公共事业却毫无生气、一片低迷。当每一位商贾和生意人都在扩张自己的地盘，加强自己的实力时；公共事务各部门却是死气沉沉、任人凭吊，就像是一场棺椁遍地、微光摇曳的露天集会。而现在，窗户必须打开了，烛火必须熄灭了，棺椁必须入土了，日光应照射进来了，家具应处理焚烧了，尘土应清扫干净了。我们都明白，这是我们的公众矢志铭记的教训，任何阴谋诡计都绝不会再干扰他们从中汲取经验。可是，那些"别国的公众"，他们会怎么做呢？他们是人道、慷慨、热忱的公众；可是，他们会拼命抓住我们从这场鏖战中采撷的警示之花吗？他们会持续回击所有那些骗子们吗？尽管按照骗子们的说辞，文明世界里的每件法兰绒马甲，以及蛮荒世界里的每一张熊皮或水牛皮，这些天都已经被派发送给我们衣不蔽体的同胞们（只是同胞们从来没有收到过），行骗者们也丝毫不会触及那些个一直存在的问题，或是废止修正案上亟待废除的任何条款；除非不列颠的所有家庭以及整个国家制度都严正要求他们对该条款予以废止。当这场战争结束后，"别国的公众"总是准备好庆祝游行，他们忙里忙外，又是抛掷帽子、又是点亮屋子、又是敲起皮鼓、又是吹起喇叭，所做的演讲文稿长度绵延数百里。他们会乐意滔滔不绝地谈论遗留问题，一直谈论到口干舌燥吗？还是他们压根就记不起那件事了？噢，"别国的公众"！要是我们——你、我及其他所有人——能够弄清楚他们到底是哪国的公众该多好！

如果"别国的公众"在国家遭遇巨大困难的危急时刻，嘲笑群龙无首的政府部门，却又对它置之不理，并对这种态度心安理得的话；对他们而言，这难道不是一种极端的渎职行为吗？如果"别国的公众"在危急时刻，将国家的肌体和灵魂都交托于某个权威机构，却从来不曾在该权威机构的愚蠢行径面前，勃然变色、出言声讨，这难道不是坐实了"别国的公众"的种种弱点吗？我们十分清楚下面的一幕如若发生会是怎样的场面：我们眼见一位病痛缠身的病人——内阁先生，在圣诞节之前专程召集他的亲眷和友人；虽然自己身患麻痹症，已然病入膏肓，却还用他瘦弱的双腿颤颤巍巍地站立着。他还虚弱地尖声说道，如果不把这些权力即刻交付于他、为他所用，他一定会因为爱国精神的沦丧气得发疯，甚至会在绝望中把他一双可怜的老目挖出来。我们心知自己怀着怎样的轻蔑之情，眼见他得偿心愿，随后拖着沉重的脚步离开，安然入睡。事后，他却不曾利用自己所得的好处发挥一点作用，也不曾告知我们任何消息；直到一位脾气较为暴躁的保姆拉扯着他皱皱的鼻子，让他哼哼唧唧起来——我们明白这些经验对我们意味着什么，上帝保佑我们！我们应该郑重其事地遵照这些经验和教训行事——但是，"别国的公众"此刻又身在何处呢？正是他们的冷漠助长了这些虚张声势者的气焰。似乎即便是瘟疫、灾害、饥荒、战乱、谋杀和猝然死亡都无法迫使他们采取行动，应对问题。

在上述种种情况下，仍让我们心存一丝安慰的是，我们英国人并不是"别国公众"的唯一受害者。其他地方也流传着他们的轶事。他们紧跟最早的清教徒移民的步伐，横渡大西洋，并且一直在北美创造着种种奇迹。十年抑或是十一年以前，有人曾听某位朱述尔维特说过，他在水域的另一边发现了"别国的公众"，他们正在做着最最古怪的事情。这一声明让各国的公众很是生气，甚至有多国公众联合起来，对这一言辞表示发自肺腑的怨憎和不满。但据说目前市面上出现了一本小小的回忆录，读过之后让人觉得年轻气盛的朱述尔维特仿佛也有他的道理。那位精明机智、爱出风头的作者，写出了如此这般的美人鱼，写出了如此这般的华盛顿的护士，写出了如此这般的小矮人，写出了如此这般的在尘世间歌唱的天使，赚得盆满钵满，一言以蔽之，写就了这样一本大作——他是在面对着伟大的美利坚合众国自由又开明的公众著述吗？那享有公立学校、自由选票、一手情报、全民教育等权益的公众？不，并非如此。那一众"别国的公众"已经沦为了被人坑蒙拐骗的对象。他们不知身处何处，其所在地也不知道是星条旗上的哪一颗星，或是哪一道条纹。而眼下，他们正遭人明目张胆地欺瞒和肆无忌惮地觊觎。为了那一国的公众，纽约的制帽商在第一张林德[1]椅的拍卖会上竞相展示作品。为了那一国的公众，发表演讲歌颂林德者有之，抛洒热泪者有之，演奏小夜曲者有之。正是那一国的公众，任何事或是不知所为何事，都能让他们群情沸腾、招致动乱；引得羁旅中的游客们从高高的宾馆阳台上俯下身来，一探究竟。阅读购买那本写满机灵话的小书的也正是那一国的公众，书中所述之事他们皆有幸参与。当此书从在广袤的美国大地上流通，从花岗岩州的海边悬崖到落基山脉处处可见时，他们狂喜不已，奔走相告。我们还在一本名为《美国札记》的书中读到了下面的段落，这无疑是在指涉那一国的公众：另一个显著的特征是对"聪明"行为的喜好。这一偏好文饰了许多欺骗行为，美化了许多恶劣的背信弃义行为，还掩盖了公共生活和私人生活中的许多贪污行为。它让许多本该锒铛入狱的无赖如同正常人一般昂首挺胸地生活着——虽然即便不执行这些惩罚措施，情况也不应该是这样。因为这种耍聪明的行为在数年间损害的公信力和消耗的公共资源比一板一眼、不计后果的诚实在一个世纪里造成的危害都大。这种倾向性导

1　林德：指珍妮·林德（Jenny Lind）(1820—1887)，瑞典歌剧歌唱家，有"瑞典夜莺"之称。她是19世纪最受推崇的女歌唱家之一。她于1850年应邀去美国，举办了多场大型音乐会。

致我们在评判一次失败的投机行为、审视一次破产行为或评价一个功成名就却品性恶劣之人时，并不是依据他（它）们是否恪守了一条金律"己所不欲，勿施于人，"而是从他们是否耍了聪明的角度加以考虑。下面的对话内容我已经与人重复了不下一百次：——"像某某这样的人，依靠最最可恶、最最无耻的手段聚敛了大量财富；尽管他犯下了这么多的罪行，却依然被贵国的公民所接纳和纵容，这难道不是很可耻的事情么？他是一个公害，难道不是么？"——"是的，先生。""他是个确凿无疑的骗子？"——"是的，先生。"——"他被申斥过、戴过手铐、被苔杖抽打过？"——"是的，先生。"——"他彻头彻尾是个声名狼藉、品行恶劣、行为不端的人？"——"是的，先生。"——"那么，究竟为什么要这样纵容他？他有什么过人之处？"——"好吧，先生，他是个聪明人。"

尽管前面提到的那个小家伙明显年纪尚稚，话都说得不太明白，但我们自家的"别国的公众"对他可是毕恭毕敬、言听计从；对此他们也应该承担自己那份责任。我们是从来不会上当受骗的公众，因此也不会原谅他们的愚蠢行为。所以，如果大洋这边的约翰，和大洋那边的乔纳森，两人都能找到给自己招致麻烦的"别国的公众"，让他们自己变得聪明起来，兄弟二人都会获益匪浅。

狮子之友

我们此刻正待在一位朋友的画室里。这位朋友拥有旁人难以企及的有关各种飞禽走兽的知识。不论是在国内还是在国外，每一家画廊和每一家印刷店都见证了他对整个动物王国的深刻了解。我们应邀为这位朋友做捕鼠人画像的模特。对此我们深感荣幸。眼下，我们正凭借这一荣耀的身份坐在他身边，在距离我们很近的地方，拴着一只可怕的斗牛犬。

读者们也许能够预料到，我们的这位朋友是伦敦摄政公园动物园豢养的狮子们的知交好友。他谨代表他心爱的王者家族，一边以旺盛的精力和从容的态度，站在画架前面尽情挥毫，一边对动物协会呈上几句友好的建议。

贵会是受人尊敬爱戴的协会（我们的友人说到，时不时勾勒几笔我们头部的轮廓，又时不时勾勒几笔斗牛犬的头部轮廓），你们创造了许多奇迹。贵会在英格兰创建了美景如画的国家动物园，并以最最值得嘉赏的精神将园区建在了大批民众能够自由出入的地域。贵会是真正服务于民、施利于民的协会，贵会优秀的米切尔总是妥帖周全、有礼有节地代理打点各种事务。

那么，为什么（我们的朋友继续说道），你们不更加善待贵会管辖下的狮子们呢？

我朋友的这番问询言辞恳切，边说边用较平时更为严厉的眼光打量着斗牛犬。斗牛犬立刻耷拉着脑袋，浑身不自在起来。所有的狗儿们都觉得我们的朋友知晓它们的全部秘密，妄图对他有所欺瞒是完全无望的。大概我们的朋友一瞩目于那只斗牛犬，它立刻回忆起了自己最近所做的一桩卑劣的事情。"什么？那件事是你干的，呃？"我们的朋友对斗牛犬说道。斗牛犬极为紧张地舔着嘴唇，眨着红红的眼睛，用两条向外弯曲的前腿重新平衡了一下身体，做出一副很沮丧的样子。他现在完全收敛起那副吊儿郎当的模样，表现得像一只法国人称之为bouledogue（法语：斗牛犬）的优种斗牛犬。

你们豢养的鸟儿们（我们的朋友一面重新开始工作，一面再次以对动物协会呈词的口吻说道），非常快乐，快乐得像白昼时光一样——他本准备补充说，漫长，可是看了一眼日光后，又替换了一个词——短暂。它们的自然习性得到了全然的理解，它们的生理结构得到了充分的考虑，它们心满意足、别无他求。从你们豢养的鸟儿说到你们收容的某些动物。我指的自然是猴子们，也就是罗杰斯先生曾称之为"我们可怜的亲戚们"的物种。它们享有为它们精心营造的人工气候环境。它们得到了为它们精心安置、秉性相投的种群佑护。它们身处它们自己的族群和血亲的怀抱中。它们有木架可供它们腾跃，有鸽子洞可供它们钻进爬出。飘逸的绳索从它们起居间的上梁上垂坠下来，来回摆动，让它们可以攀附摇摆，以此玩耍取乐，或是取悦异性；同时也为成长起来的幼崽们传授攀爬的技能，启发它们的心智。从我们可怜的近亲说到一种猛兽，河马——你到底想要怎样？

最后这句询问不是针对动物协会的，而是对着斗牛犬说的。它刚刚离开自己的位置，正想偷偷地溜走。我们的朋友把画笔递到了掌着调色板的左手上，用拇指卡好后，步态悠闲地向斗牛犬走去，随后一巴掌打在了它的脸上！即使我们对他再有信心，也预计下一刻斗牛犬就会咬住他的鼻子不放。然而，斗牛犬却奴颜婢膝地十分礼貌，要不是它的尾巴在幼时就被咬掉了，它还会摇着尾巴讨好呢。

我方才说道（他冷静地重新走回到画架前），从我们可怜的近亲说到那如同人类一般耽于享乐的动物，河马。你们是如何安顿它的？它能在尼罗河的岸边，找到贵协会为它在摄政运河岸边修建的这样一处别墅吗？它能在它的出生地埃及，找到一整套客厅、书房、浴室、洗涤室和宽敞的游乐场；并且全都修缮停当，随时可供使用吗？我想不能。现在，我请求你们这些管理委员会的成员和自然哲学家，和我一起来看看这些狮子们的境遇。

这时，我们的朋友拿出了一幅木炭画；邻近的另一只画架上，一块新崭崭的画布上立刻就展现出一对神态高贵的雌雄狮子。那只斗牛犬（被打了一耳光后，它恭顺地重新回到了它自己的位置上）带着明显的不自在的神情在一旁瞅着，好像生怕这一新举动和他自己有什么关系。

好啦！我们的朋友一面说道，一面把木炭画扔到一边，它们就在那儿！仪态威严的四足国王和四足王后。英国雄狮不再是英国盾形纹章上才有的虚幻生物。这对皇室伉俪每年都能为贵协会生育出你们自己的英国雄狮。你们手握大量资源，积累了丰富的知识和经验；然而，你们又是如何对待你们监管下的这些珍贵又有魅力的动物的呢？据我观察，日复一日，这些高贵的动物们耐着性子在难以转身的狭小空间里消磨它们枯燥的生命，它们如同服刑一般，在最恶劣的天气里不得不痛苦地面朝西北方位。看那些骨肉匀停的兽足，精巧的构造恰好适宜在腾跃和跳起后轻轻着地。以你对动物天性的了解洞见来看，你能预见什么样的地面是这样的兽足最不能适应的吗？大概，不外乎是光秃秃、滑溜溜、就像船只甲板一样的硬板地面吧？情况正是如此。可为什么你们偏偏选择了那样的地面，而非其他材质的地面为它们搭建兽窝；原因真是让人捉摸不透。

哎呀，苍天庇佑！（我们的朋友叫道，把斗牛犬吓了一跳）你们中有人养过猫吗？你们中有没有人能帮我个忙，在一个晴朗明媚、艳阳高照的日子里，观察一下猫在田野里或花园里撒欢的样子——她是怎样蜷缩在细软的土地上，怎样在沙堆里翻腾打滚，怎样匍匐在草丛里晒太阳；她是多么喜欢在不同的物体表面栖息，多么爱在不同形状的东西上面自在休憩。再将猫儿喜欢的平面材质和这块人工木制品做一番比较。它质地单一坚硬，既非天然又不实用，完全不适宜动物休憩。正是在这样的木制品上，这些美丽的动物们苦着脸来来回回地踱着步，彼此之间每小时有两百五十次要撞见对方。

（我们的朋友继续说道），像你们这样熟知动物习性的人，却将这些木板称之为床——或者是将其他状如木板、极不舒适的东西称之为床，比如一台机芯被掏空压平的碾压机，以为它们可以专门供有着如此躯干四肢、如此生活习性的动物使用，这真是令人难以理解。那怎么能算是为雌狮和雄狮准备的床褥呢？它们在这张床上睡得浑身上下没有一块完整的皮肉，全身布满了擦伤？再仔细研究一下你们豢养的猫咪，看看她是怎么入睡的。你是否曾经见过，猫或是其他动物，都会由着入睡那一刻的兴趣和喜好，重新摆弄一下床褥，方才会上床入睡？你们难道不也是这样吗？动物协会的各位先生，睡前会在你们的枕头上又捶又戳，然后在床上最舒适的位置上一头扎下去？那么想想吧，这些高贵雄健的野兽会有多么不舒服啊，你们既没有为它们提供其他选择，也没有给予它们重新整理床褥的权力；说到那些从未更换过的硬邦邦的床铺，不管是其外形还是其材质上都是它们不曾在与生俱来的自然状态下体验过的。如果你们还对它们忍耐的痛苦心存疑窦，那就去博物馆和大学看看吧。那儿保留着拘禁于类似环境中的狮子及其他猫科动物的骸骨；你会发现这些骸骨外表密密麻麻地包裹着一种小颗粒，这是长期在既非天然、又不舒适的平面上躺卧的恶果。

我不会非常急迫地询问我的万兽之王朋友是如何经人饲养的（我们这位艺术家继续说道），但即便是就这一点而言，我也还是觉得你们的做法是有问题的。我可以向你保证，即便是纪律最最严明的狮子兽群，在自然状态下也不可能每天都在同一时刻准点进食，食物储藏室里也不总是储备着等量同类的肉类。不过，只要你能妥善解决我提到的之前那个问题，我也打算搁置膳食的问题。

画像的时间结束了，我们的朋友松开拇指，取下调色板，把它和画笔并排放在一处。他终止了对动物协会的呈词，又容许我和斗牛犬自由走动。由于需要仔细查看斗牛犬的前胸，他把这位动物模特调转了个个，就好像他是陶土制成的一样（而我哪怕只用小指头碰碰他，他也会一口咬住我，叫我动弹不得）。随后，他完全罔顾斗牛犬愿不愿意，方不方便；就上上下下、仔仔细细地把他检查了个遍。斗牛犬在谦卑顺从地接受查验之后，被逐出了大门。

"明天十一点整时再到这里来，"我们的朋友说道，"不然有你好看的。"斗牛犬恭恭敬敬又垂头丧气地走了出去。我从窗户向外望去，正看见它在一个一脸凶相又挂着一只乌青眼的业主陪伴下穿过花园——估计我也是这副形貌——它又变成了一只凶猛又鲁莽的斗牛犬；显而易见，不等它回到家中，在路途中就会气势汹汹地要把别的狗置于死地。

铁道幻梦

　　除去我往返于法国和英格兰时，在劲风拂面又潮湿多雨的旅途中度过的那许多个小时以外，我上一次在法国度过整个冬季是什么时候呢？是在哪一年，秋去春来，当我第一次从自己的阳台上向外看时，看见香榭丽舍大街上的树木满树金黄，枝叶稀疏；而当我在五月一个美丽的清晨，再一次看向它们时，它们却色泽明亮、新绿始发？

　　我回想不起具体的时间。在铁路上旅行时，我从来无法确认时间或地点。我无法阅读，无法思考，也无法入睡——我只能做梦。我身处豪华的车厢环境中，思绪纷乱，任由火车车厢载着我"咯吱咯吱"地一路向前。至于自己来自何方，又身归何处，我不再追问，也不再试图知晓更多；一切都是那么顺理成章、理所当然。为什么眼前的景物纷至沓来，涌入我的视野和脑海，又飞速退去，消失不见；它们何时出现，缘何出现；

它们于何处消失，缘何消失；我都无力思考。考虑这些大抵是火车守卫的职责，或是铁路公司的职责；我只知道这并不是我的责任。我对自己一无所知——如果说我知道点什么的话，那就是我可能来自月球。

如果说我来自月亮，那么月球人一定是多么不同寻常的民族啊，他们那样喜欢坐在露天里！我见过他们在太阳刚刚散发出第一缕微光时，就在公共街道边擦拭去座椅上的冰霜，然后坐下来享受生活。我见过他们，经历了连续四十八小时降雨后，雨水刚刚止住才不过两分钟，就搬来椅子坐在一片泥巴和污水中，随后开始聊天。我见过他们闲适地靠在路边的铁质长椅上，胡子被东风吹得从下巴上四散漂浮。我亲眼见他们冒着黑乎乎的毛毛雨，忍受着尘土的击打，除头顶上有一方浸湿的帆布略作遮掩，脚下踩着一捧沙石外，别无任何保护；他们却能抽着烟草，喝着新酿的啤酒消磨一个又一个漫漫长夜。说到月亮人的宝宝们。老天爷，月亮人的宝宝们是多么令人惊叹的物种啊！我曾经一一点数过，多达七十一个天真无邪的宝宝们，在足以令希律王 [1] 满意的天气里，由保姆们陪护着坐在婴儿椅上，待在月亮咖啡馆的室外活动区，一消磨就是一整天。也正是在那里，我曾经在同一时间里看到三十九个宝宝，在遮阳伞的荫庇下用眼睛尽情地汲取着自然的滋养。我也曾经看到，二十三个宝宝在足足有三英寸厚的泥泞中跳绳玩耍。月亮人的宝宝们到三岁时就已经长大了。那时他们已经是咖啡馆的

1　希律王：为防止耶稣成为未来的犹太王，希律王下令将伯利恒城所有两岁以下的婴儿全部杀死。

常客，也已经非常习惯食用松露。他们一般在下午六点钟享用晚餐。一顿简餐包括汤，鱼，两道主菜，一道蔬菜，一道冷餐或鹅肝酱饼，一道烤肉，一道沙拉，一道甜点，一只糖腌桃子之类等诸种菜式（偶尔还加上点开胃沙丁鱼、沙拉小萝卜和里昂香肠）。而他们的早餐一般在上午十一点，菜式包括一小块蘸马德拉酱汁的牛排，一份浸在香槟酒里的腰子，一点点牛羊内脏，一盘油炸土豆及一两杯很是养生的波尔多酒等。我曾见过一位年方五岁、待字闺中的年轻女性，戴一顶款式成熟的无边帽，穿着有裙衬的裙子，在她和蔼可亲的父母陪护下在一处公共场所逗留。她牛饮了大量咖啡，分量足以一次性地让其他任何国家的孩子失去意识，必须交由家人看护方才妥当。我曾受朋友邀请参加一次聚会，进餐时坐在一个月亮小宝宝身边。除食用了冰淇淋和水果之外，他还风卷残云般地吞下了九盘菜。食罢他大概是受酱汁的刺激影响，一得空闲就把自己的勺子举过头顶，疯狂舞动，神态活像是图画中获得某项殊荣的人一样。

　　在我逗留驻足期间，月亮证券交易所的交易现场是该市一道奇异的景观。阶层不同、地位殊异的月亮人在那段时期（不论是哪段时期）都在以最为疯狂的姿态豪赌，——不论是赌博牵涉到的话题之广，还是弥漫在各个阶层的狂热之深，在我的记忆中都无出其右者。月亮股票交易所的台阶上每天都挤满了人数众多、热情高涨、几欲疯狂的人群，这一场景如此鲜明地说明整个城市的市民都在参与一场孤注一掷的游戏，真是令人目瞪口呆。无论哪一天，我所读到的月亮杂志都会毫无悬念地刊载出这样的故事，一位名为某某的搬运工是如何从某某房子里冲出来，一头扎进河中，"因为在股票交易所里赔钱了"；或是某某人是怎样抢劫了另一位某某人，意在获取在股票交易所从事投机行为所需要的资金。在宽阔的月球公用车道上，每天都可以看到成群结队的骑乘纯种良马的人；以及成群结队的乘坐精致马拉车的人，马车以红丝绒镶边，马匹以白色皮革为辔头。这些人随身都携带着卡片和计数器，他们恨不能用交易的股票证券喂食纯种马，恨不得马儿们都在公示交易信息的纸板上整顿歇息。他们过的是高速运转、场面盛大的奢华生活。只要这些卡片能持续买进卖出、四处兑换交易，他们就能一直过着繁花似锦、烈火烹油的生活。

几乎每一天，几乎在同一处地方，我总能看到一个奇怪的景象。只见一个漂亮的小孩子站在窗边，时常向着一列敞篷马车挥手和欢呼，马车由身着绿色和金色服饰的侍从护卫，却没有人回应这个孩子的欢叫。我留意到，面对此情此景，彼处时不时有人坐在敞篷马车里表示敬意，时不时有路人好奇询问，时不时有外国游客赞美称羡。然而，我经常看到有四股决绝、漠然的巨流在上下涌动。在长达六个月的时间里，我从不曾见到一人伸出援手，或听到有一人为救助这个孩子而真正发声。

我不是一个喜欢形单影只的人，尽管我幼时曾是一个孤独的男孩；但那也已经是很久以前的事情了。不过，月球的首都是一处适宜孤独者居住的地方。我尝试了在这里生活，并且特意为享受这种生活，让我自己陷入一种孤独的自由状态中。我有些时候喜欢假装自己既无子女又无配偶；这时我总是情不自禁地设想，如果我真是单身，我是否愿意邀约上旁人出门吃晚餐，而不是生活在一种持续的畏惧情绪中，总是喏嚅着做一些自己并不心甘情愿的约定。因此，我已经独自一人去过很多月球的餐馆。客人们总把我当成是如前所述那般孑然一身的不幸者。有一位父亲，带着两个小男孩坐在我旁边的一桌。两个孩子的腿在狭小的空间里无处安放，好像怎么坐都不能让两腿舒舒服服、服服帖帖的。这位父亲一开始用妒忌的眼神上下打量着我。当两个小男孩很不成体统地透过塞尔兹尔矿泉水的瓶子向外看，自己的模样也随之在瓶底膨胀变形起来时，我在那个月球人的眉宇间看到了又是难堪又是羞愧的表情。而此时，我正襟危坐，用牙签剔着牙，无声地宣告着我装模作样的优越感。不过，接下来那一家月球人的所作所为可是让我大开眼界，彻底服了气。我从来不会像他那样，饮酒食肉之后，脸就随之涨得通红。我也从来不会像他那样，以如此高昂的情绪尽情享受我的一餐。我无法无视两个小男孩胡乱扭动踢打的双腿，然而在那个月球人的心灵深处，这一切早就可以视而不见。最后，在饱食一顿晚餐的作用和催化下，这两个男孩子一同拉扯着月亮人的马甲（依我看，他们是在请求他，带他们去隔壁的儿童游戏馆玩耍）。那人随即瞥了我一眼。在他目光的笼罩下，我完全缩了回去。他的眼神如此明白有力地说出了英国家庭喜剧中善良的农夫口中的台词，"该死，先生，你怎么能做出这种事情哩？"（我在括号中解释说明一下，这里善良的农夫可以做到，而乡绅却无法做到的"这种事"，是把手放在心口上起誓——这一结论与我的真实人生经验相反；真实情况是，骗子们总是能将手放在心口上信誓旦旦。他们做起这种事情来，不仅较良善之人频次更高，而且动作也更为娴熟。）

　　用过晚餐并付过餐资之后，我继续孤身一人向前走去——在月亮首都里，我们曾将账单称为附加物——去专供人们享用咖啡雪茄的地方喝咖啡、抽雪茄。说到这一类的习俗，就像该国其他许多轻松优雅的习俗一样，月亮人是极为值得我们模仿效法的。除非我特别难以取悦，不然从来无须多费脚程，就能找到多达一打这样的休闲屋。当我从就餐地点，随意地漫步行至这样的一间休闲场所时，我脑海中浮现出了一个春夜的记忆。这家店铺所在的大街并没有伦敦萨默塞特府边的河岸街那么宽阔；房子也不比那地方的房子更宽敞更好；气候（我们发现我国的风土人情是极为便利的参照系）一连数月一直是又寒冷又潮湿的，而且经常和河岸街的天气一样晦暗。我所光顾的那家咖啡店一整个冬天都与那天的情况并无二致。它就像河岸街的一家店铺一样，门面是完全没有的。店内用砂纸打磨得十分干净，绘有漂亮的图画，贴有精美的壁纸，还装饰有镜子和盛有煤油的枝形吊灯。屋内同时配备有小小的圆形石头桌子，深红色的高脚凳和深红色的长凳。房屋底座上放有两只十分雅致的盛满鲜花的花篮（每周花费大约为三四便士），让整体格调显得更有品位。室内还装有一块内置的高架活动地板，与河岸街一家修理店内的陈设十分类似。此处专为那些喜欢阅读报纸和玩多米诺骨牌的人准备，为确保他们免受烟草味的侵扰，活动地板与其他区域用玻璃分隔开来。在那儿，看守柜台的女士坐在她整洁清爽的小小看台上，在方块糖和小小的潘趣酒酒杯的环绕下做着针线活计。我向她碰了碰帽檐，她也礼貌地回应了我的敬意。从她身边径直走来一位快活的侍者，他一丝不苟、干净整洁、灵敏周到又待人诚恳；他对我很客气，不过也期待着我能同样客气地对待他，我可不能欺侮他——对我而言，客客气气地对待他也不会带来什么损失，因为我一点也不想欺侮他。在我的请求下，他为我拿来了我的那份咖啡和雪茄，又主动拿来了一小玻璃水瓶的白兰地和一支利口杯。他为我点上雪茄，然后留我一人独自享受。该店门面空缺的那处地方形成了一处充满着欢声笑语的前舞台；当我坐在那儿吸雪茄的时候，街道仿佛化作了一个舞台，不断地有朝气勃勃的演员们往返穿行。带着孩子的妇人们，运货马车和四轮马车，骑马的男人们，士兵们，拎着桶提着水的人，一大家人，又是一些士兵们，四处闲逛、华衣美服的浪荡子，又是一大家人（他们匆匆走过，脸上一片潮红，可能是看戏有点晚了），结束了新建大楼处的工作、沿路相互打趣的石匠们；一对恋人；更多士兵们。此外，还能见到极为整洁干练的年轻女人们，她们为顾客们拿着扁平的盒子，径直从店里走出来。还有卖冷饮的商贩；他身着装满（平底）玻璃酒杯的马甲，冷饮则盛在背后的一个深红色丝绒布撑里。接下来，又见几个男孩儿，几只狗，几位士兵，还见到穿着极好的私服衬衫、戴着黄色的小山羊皮手套，骑着马溜达去马戏团的骑手；以及背负着篮子，手持着弯杖的拾荒者。随后，又有几位整洁干练的年轻女人和几位士兵由此经过。街上的煤油灯开始一盏一盏被点亮了起来。我们店里的侍者也手脚麻利地点亮了煤油灯，把我像一尊神像一样，供奉在光灿灿的庙宇里。正在这时，有一家三口走进店来，全家包括父亲、母亲和小孩子。两位嗓音清脆的老太太也走了进来，她们大抵会把吃剩的糖打包带走；我能够预见的是，这家店铺从她们身上捞到的利润会少得可怜。还有一位穿着朴素的长工作服的技工也走了进来；他点了一小瓶啤酒，随后点燃了烟斗里的烟草。我们坐在那里，看着街上川流不息的人流，都觉得非常愉快；街上的人群回望过来，见到我们，也觉得十分新鲜有趣。可以肯定的是，不论是对我，还是对那一家三口；不论是对两位年长的女士，还是对那位技工而言，生活在身份各异、阶层不同的人们组成的城市社区中，远比独自困在可怕又黑黢黢的居所里郁郁寡欢、孑然一身，日渐变得暴躁和多疑要好得多。终我一生，我可能也不会对这些人说上哪怕一句话，他们也不会对我吐露只言片语；可是，我们都以坦诚的态度和开放的胸怀交换着喜悦的心情——我们并没有自我禁锢和自我束缚。在此过程中，我们正在形成一种为对方考虑的习惯，并逐渐达成了某种默契。咖啡馆这种公共处所（我在这里享受到了欢娱和快乐，为此我支付了十便士）是文明体系的一部分，它要求高高在上的人们在人群中回归平凡，又不会让他们显得过于平庸。这一设施也确保普通人在所有公共集会中都会获得属于他或她的普通位置，就像侯爵们在看歌剧时整夜都会待在他们的专属小包间里一样。

月亮人在生活的许多方面是尚有待改善的，在许多事情上他们是可以向我们学习的。尽管如此，他们可以教教我们该怎样兴建园林、养花种草、灌溉剪枝——我们已经习惯性地觉得自己在这方面很在行——该怎样用洗涤刷、海绵、肥皂和石灰漂白粉每天若干次地清洗我们的一些街道，为城市增色。说到温馨舒适的室内环境，尽管我的住宅长期用泥煤和木炭取暖，一直被炭火烟熏缭绕；我也不觉得它比英格兰最经济的模范公寓有何逊色之处。过去的一些年里，我一再思忖先前看到的一幕奇怪场景。在我看来，在对这件事的安排上，月球的首都比起伦敦来是有所不及的。虽然我国的法医总是在小酒馆里举行他们那可怕的庭审，这一点让人颇难接受——一定有人要告诉我说，这一习俗是不列颠宪法的一大支柱。这一事实事先我也已经知情，也准备好了听到有人重申这一点。

我想要谈谈的正是月球的停尸房。不论何人，一经发现死亡，又没有任何线索可以确认身份的，其尸首都会被陈列在那里，供所有愿意前来围观的人们观瞻。世人们都知晓月球的这一陋俗，也许世人们也都知晓，在那扇大大的玻璃窗户后，所有尸体都陈列在倾斜台面上。仿佛荷尔拜因在他那阴恻恻的画作《死神之舞》中，把死神画成了一位开店的神祇，他所有的货物都像摄政大街或林荫大道上亚麻布制品商的货品那样陈列着。然而，世人们也许无法像我这样时不时地冒出几句评论，评价该地方间或显现的一些古怪之处。此处的看守似乎颇喜欢鸟儿。天气晴好的时候，他小小的窗户外总是悬挂着一只鸟笼，笼中一只不知名的鸟儿正在婉转啼鸣，就好像几千几万年前，从人类生命之初伊始，这种鸟儿一直唱着亘古不变的歌谣一般。这地方上午阳光充足；房前屋后又有些许的空地，加之售卖果蔬的市场就近在咫尺，门前又有去往大教堂的道路途经此处，是一处不错的变戏法耍把戏的地方。情况也正是如此。我经常能在那儿看到草根艺人卖艺，他全神贯注地在鼻子上顶着一把刀或一根稻草，专注得后背都快要贴上门边儿了。我还依稀听到，卖艺者豢养的猫头鹰们博学善辩，逗得人们十分开心。一次，我正独自凝视着五具尸体，其中的一具太阳穴里被射入了一颗子弹；这时一只正在候场的杂耍狗穿着一件红上衣走了过来，偷偷往停尸房里瞅。还有一次，一位面貌英俊的年轻人恰好躺在窗户正中对应位置的正前方，我背后有人紧紧压迫着我，使得我十分艰难又迟缓地在人群中挪动，方才拨开一条通道。我挪出位置，留给靠我右肩的人；他溜到我先前所占的位置上，全神贯注地注视着那具尸首，好像压根没有留意到位置的变化。我从不曾见过像他那样难看的表情，或是像他那样让我印象深刻、记忆持久的表情。他约莫二十二三岁，相貌凶恶，左手放在围巾两端衔在嘴里浸湿的部分，右手抚摸着自己的胸口。他的头微微偏向一侧；眼睛则牢牢地盯着那具身体。"我琢磨着，如果我给我的情敌，那位漂亮的年轻小伙子，用短柄小斧在后脑上那么来一下，或是半夜里把他扔到河里去，他也会变成那副德行！"他的想法已经昭然若揭了——我总觉得他离开之后就照此施行了。

如果能在这处地方看到许多人，那简直是好极了。快活的妇人们手拎篮子，缓缓地行进在购买晚餐的路上，或是买到晚餐正走在归途中。怀抱中的孩子们用小手指指点点着四周围的景物。此外，还能见到年轻姑娘们；四处晃悠的男孩子们；一起工作的工友们；一起服役的士兵们，等等等等。百分之九十九的情况下，即将跨过门槛的人们与离开的人们迎面擦身而过，进来的人总是无法从离开者的表情中预知到即将看到的是怎样的场景。我曾经非常留意他们的举动。我这样说是有我的道理的。

然而，有一次我到停尸房去，正看到看守在尸身间穿行。眼见这一幕，我对这栋阴森森的建筑产生了前所未有的奇怪感觉。不论是在此之前，还是在此之后，我都不曾在尸体中间看到任何活物。吊诡之处在于，他看上去比僵硬的逝者更为阴森可怖，更让人情难以堪。屋顶上方有一束强光投射而下，四周围显得既阴冷又潮湿。我觉得第一眼看到他时，乍惊之下，还以为尸体全都站立起来了！这一印象转瞬即逝；但即使这一印象淡去了，他在那儿看起来也十分的古怪。他四周围全是存书架，架上储存有神秘藏书，我常常会翻阅这些藏书。有些死者未经确认身份就草草下葬，他们的衣物通常都会在帽子挂钩、衣服挂钩和衣帽拉杆上悬挂上一段时间。这些衣物大部分都是从溺水者身上剥下来的，他们的尸身都肿胀（溺水者通常是这样）得不成人形，样貌难辨。他们皮靴的脚趾部分都向上翻起，上面还附着了不少沙砾和碎石；还可以看到如此这般又长又柔软的脖间配饰，它们仍然保留着被拧干时的形状；还有裤腿和衣袖因浸泡膨胀得十分厉害的黏糊糊的衣物；以及不断拍打木桩和桥身的有檐帽、无檐帽，再加上样子十分吓人的破衣烂衫。这些衣物样子无一例外地十分瘆人，在别处的衣帽间里是难得一见的。谁的巧手装饰了那件漂亮的女衬衫；谁又缝制了那件男衬衫？那个身着这件衬衫的男人，他是否曾经如我一般站在这扇窗前寻思，何等身份模样的人陷入长眠之后会被安置于这些床铺上安睡？而当时转动着这些念头的人们，他们是否自己已然被安放在了这里？

伦敦到了！先生们，请准备好你们的车票！我需要预订一辆四轮马车。这不禁让我又想起，在月亮人的都城里，马车夫们为民众们驱赶马车时，御车技术比我们要高明多少！不过，我仿佛听到有人从小礼拜室的最高处冲我尖声叫喊道，这是依靠中央集权实现的高效管理！既然这样，我的好先生，让我们采用中央集权的管理方式吧。中央集权是一个冗长的词汇，但当长词儿代表着高效率的事物时，我完全不会畏惧它们。"兜三绕四"也是一个冗长的词汇，但是它代表着低效率；它意味着不论从事什么工作都效率低下；调度御用马车也好，雇佣出租马车也好，一切的一切都是低效率。

昔日好时光的故事

在一座名为比特伯雷的古老自治市里，有一位布伦金索普先生。他是市政长官，同时兼任该市圣伍尔夫斯坦教区的堂区俗人委员之职。如果用十六世纪的措辞方式加以表述，布伦金索普先生可以说是一位有身份的人。这一头衔非常的古气，而他又对所有古气的事物怀有非比寻常的敬意；因此该头衔大概使得他非常高兴，或者说他的这种偏好完全理所应当。他总是怀着深深的敬意，仰视着圣伍尔夫斯坦教堂的狮身鹰首喷水口。他几乎对着一只顶着"黑杰克"名头的古旧靴子顶礼膜拜。根据一位经纪人真实性存疑的书面陈述，他将此物作为一只十六世纪的饮酒器皿买了下来。比起器物和风尚来，布伦金索普先生更崇拜我们祖先们的智慧。他深信，先人们的任何法令法规或条例规章都不可能有所完善。他秉持着这一信念，向议会请愿，对每一项公正或仁慈的变革都横加反对。因他已经符合法定年龄，有权对这些获准立法的方案提出质疑。他接连反对了比特伯雷的所有改革方案，不论是关于供气系统、供水系统、幼儿学校、机械协会的议案，还是关于图书馆的议案，无一例外。他一直积极煽动市民，反对任何改善公众健康状况的举措。他还大力鼓吹将逝者安葬在市内；当有人试图在比特伯雷以外的地区修建一座不错的公墓时，他在挫败这一举措的过程中发挥了重要作用。他还成功地抵制了一项工程，使得生猪市场未能从城市主干道中段搬离。在他的影响之下，本属市政府资产的屠宰场得到了官方许可，得以留在它的旧址上；也就是靠近市政厅，正在他和他同胞们眼皮子底下的那处位置上。总而言之，他经常性地、始终如一地、勇敢无畏地尽他所能，去挫败所有旨在让同胞们安逸生活，或是使同胞们获得收益的计划。由于他的此番作为，他极为被人推崇，也极为受人尊重。确实，他敌视任何干预疾病的行为。这一立场为他赢得了一张公共事务奖状，——此奖颁发后不久，伴随着几次精彩的演讲，霍乱在比特伯雷爆发了。

真实情况是，在公共健康和大众习俗的话题上，布伦金索普所持观点是政府应该更经济俭省一些（可事实上，这两项投入却花费甚巨），因而他很得一些纳税人的欢心。此外，他能接受改良，并以一名真正慈善家的热情袒护着种种令人嫌恶的行为和陋习。再者，他是一个快活的人，——对嗜酒之人而言，他是位好酒友。他对古物的喜爱尤其表现在对陈年啤酒和陈年波尔图葡萄酒的偏好上。在圣母往见节的晚宴上，主教和神职人员离席后，庆祝活动由副书记官主持，一直持续到深夜。而布伦金索普先生则在席间豪饮这两种酒水。他可是当晚最迟离开王冠和法冠酒馆的客人之一。

他住在镇上一处很偏远的地方。返程时，他并没有完全遵照正确的路线走；或许，也可以说他绕了点儿路。那天夜里，比特伯雷主街的许多居民都在十二点半被惊醒，听见楼下街道上有人经过，嘴里含含糊糊地唱道：

"让每个男人都手持一只装得满满的瓶子。"

他们可能从未想到过，多亏了布伦金索普市政官，他们才能听到这样一支小夜曲。

在他回家的路上，矗立着集市十字。这是一座精巧的中世纪建筑，它伫立于许多级盘旋台阶之上，由一个穹隆形的拱门支撑着。这座拱门就像一个华盖，遮蔽着一位古人的石像。这些石像是沃恩·德·沃克斯的雕像，他曾经出任比特伯雷的镇长，并对本镇做出了巨大贡献。公元 1440 年，他在此处修建了多家济贫院和一所文法学校。集市十字先前是被圣·伍尔夫斯坦像所占据着。但在克伦威尔统治时期，德·沃克斯像从市政厅被搬到了此处，取代了遭到损毁的伍尔夫斯坦像，被立在了空基座上。布伦金索普先生极为推崇这件艺术品；这会儿，他停下了脚步，借着月光打量着它。在朦胧的光晕下，石像看上去栩栩如生。布伦金索普先生并不是个富于想象力的人；但他几乎想象他是在注视着沃恩本人，戴着帽子，蓄着胡须，穿着皮袍，手拄拐杖，臂弯里夹着他那本大大的书。这种感觉如此鲜活，让他禁不住对着石像说起话来。

"杰出的先人！"布伦金索普先生说道："出类拔萃的老人！今后我们再也不会这样看待你了。啊！昔日的好时光——昔日那般美好的时光！从未有过像昔日的那些美好时光那么好的日子了——古代的名士啊，没有时代能比得上那些昔日的好时光！"

"请问，先生，你所谓的昔日好时光是指什么时候？"石像用清清楚楚、从容不迫的声音回答——这番情形是随后，布伦金索普先生在几位见证者面前，确凿无疑地证实过的。

布伦金索普先生很肯定，他当时神智很清楚。他确定他没有被腹语术之类的幻术所惑。他这些确信不疑的见闻能有多大的价值，这一定是横亘在他与世人之间的一个问题。他故事里的所有事件，我们已经完全如他所述，向读者们和盘托出，供世人仔细阅读品鉴。

布伦金索普先生说，当他第一次听到石像开口说话时，他确实突然间被惊吓到了。这一瞬间的惊愕之情很快就以一种极佳的方式平息了下来。石像的声音既和缓又温柔——一点也不阴恻恻的——没什么丧葬礼上的口音，而且与人们臆想中一尊石像所持的口音完全不同。人们一般是听了歌剧《唐璜》中，石像群体的代表人物开口说话后，[1]才对石像所持口音的问题形成了一些见解。

---

1 "石像"是歌剧《唐璜》中的一个角色。歌剧一开始，唐璜就杀了一位骑士长。后来人们在墓地为死者造了一座石像。在歌剧结尾部分，唐璜来到墓地，在石像边听到了死去的骑士长的声音。

"呃，你所谓的昔日好时光是指什么时候？"石像很亲切地又把问题重述了一遍。这位堂区俗人委员恢复了几分镇静，终于能定下神来回答说，此处居然有人提出了这样一个问题，着实让他有点吃惊。

"得啦，得啦，布伦金索普先生，"石像说道，"别那么吃惊。正如你最喜欢的巡夜人，那个睡眼惺忪又颤颤巍巍的老更夫所说的，现在是午夜十二点半，又是一个洒满月光的夜晚。你难道不知道，在这样的时刻里，如果有人对我们说话，我们石像常常会开口说话的。镇定一点，我会帮助你回答我的问题的。请允许我引导你的思路，让我们一步一步地来追溯。现在开始。说到昔日好时光，你指的是乔治三世统治时期吗？"

"先生，我个人认为，生活在那一时期的人们亲眼见证了最后的昔日黄金时光。"布伦金索普先生毕恭毕敬地回答道。

"我倒希望是这样，"石像回答道，"那些日子是昔日好时光？不，布伦金索普先生。那时，几乎每周都有成打成打的人，因为微不足道的偷盗行为被绞死。那时，仅仅因为在商铺里偷盗了价值一先令的东西，尚在哺乳期间的妇人就怀抱着孩子被拖上了绞刑架。那时你失去了你们在美洲的殖民地，深陷对法战争的泥淖。且不说有多少人在战争中白白丧命、血洒战场，战事结束后，你们背负了沉重的国债。你当然不会称这段日子为昔日好时光的，是吧，布伦金索普先生？"

"绝对不会，先生。不，略作思忖后，我想我不能这么评价这一时期。"布伦金索普先生回答道。这尊石像是这么彬彬有

189

礼、谈吐优雅；他目前已经完全放下了对自己置身的灵异环境
的恐惧；就好像他在和一位寻常的凡人争辩似的。他挠了挠他
的头。

"那么，"石像继续说道，"我亲爱的先生，我们看看在此
之前的两三位君主统治时期情况如何，怎么样？你觉得那时监
狱情况如何，监狱刑罚怎样？不幸背负上债务的人与其他重罪
犯不加区分地关在一起，置身于难以言述的污浊、恶习与痛苦
之中。死刑犯与普通罪犯结为酒友，在死囚牢房里一起喝得酩
酊大醉。鞭刑成了惩戒犯盗窃罪的妇女最常用的刑罚。当时伦
敦的大街小巷极度危险，即便在光天化日之下，行人们都时常
被人推推搡搡的，动辄置身于被抢劫的危险之中。你说这些时
期怎样？那时，不仅仅是豪恩斯洛荒原和巴格肖特荒原，就连
公路上都挤满了强盗。驿站马车就像鸡窝一样，常常被洗劫一
空。那时，'上路'被视作处境艰难的绅士合法的谋生手段，这
是千真万确的事实。公路响马一般被称为'船长'，虽说他们并
没有获得与这一名号相称的尊重。那时，斗鸡游戏、逗熊游戏
和逗牛游戏盛行；不仅如此，这些游戏还成为时尚的娱乐方式。
那时，大部分地主几乎不会读书写字，他们的时间被均摊到狩
猎狐狸和胡吃海喝上了。那时，决斗者被视作英雄，'杀死你
手下的人'成为一种荣誉。那时的先生们一张嘴就会说出亵渎
神灵的污言秽语。那时，因王位继承权时有争议，国家一直处
于内战的危险中。先后爆发了两次起义，杀戮甚重。后来又通
过更多的杀戮和极刑才将一切平息下来。这一不仁、无耻、强

横、凶残、个人命运与政治环境都风雨飘摇的时代，布伦金索普先生，你怎么看？我尊敬的朋友，你还将这一戴假发、梳辫子的时期视作昔日好时光的一部分吗？"

"还有安妮女王的黄金统治时期，先生。"布伦金索普先生毕恭毕敬地提醒他说。

"黄金统治时期！"石像惊叹道。"一段对内充斥着偏私偏信和宫廷权谋，对外深陷徒劳无益战事的统治时期。一段博林布洛克[1]、哈利[2]和丘吉尔[3]阴谋迭出的时期。一段莎拉·马尔伯勒公爵夫人和马沙姆太太[4]的统治时期。一段无聊琐事的黄金时期。布伦金索普先生，我觉得你还要继续追溯才能找到你的昔日好时光。"

"哦，"堂区俗人执事回答道，"经你这么一说，先生，我觉得我是应该再想想。"

"再以威廉三世统治时期为例，"石像继续说道："战争，还是战争，除战争外无他。我不觉得你应该特意将这段时期称为昔日好时光。那么你觉得詹姆斯二世统治时期怎么样？当杰弗里斯法官[5]出任大法官时，那段日子是昔日好时光吗？当蒙莫

1　博林布洛克：亨利·森特·约翰（1678—1751），第一代博林布洛克子爵。安妮女王统治时期托利党的显赫政治家。

2　哈利：罗伯特·哈利（1661—1724），第一代牛津伯爵。安妮女王统治时期托利党政治家，1710—1714 年间领导托利党。

3　丘吉尔：莎拉·丘吉尔（1660—1744），第一代马尔伯勒公爵夫人，安妮女王的密友，当时最有权势的女性之一。后因政见及性格原因与安妮女王决裂。

4　马沙姆太太：阿比盖尔·马沙姆，安妮女王的女侍，安妮女王在位最后几年最有影响力的人之一。

5　杰弗里斯法官：乔治·杰弗里斯（1645—1689），光荣革命前的最后一任英格兰大法官。1683 年出任首席法官，1685 年被詹姆斯二世封为大法官。因残暴贪婪臭名昭著。

斯叛乱[1]结束后，紧接着举行'血腥审判'时；当国王试图凌驾于法律之上，并因此丢掉了王位时，阁下还将这些时期想象成昔日好时光吗？"

布伦金索普先生承认，他不能将这些时期想象成一段黄金时光。

"查尔斯二世统治时期是昔日好时光吗？"石像问道。"宫廷里随处可见狂欢享乐、放荡不羁的行为——那时的宫廷比任何一座现代卡西诺赌场还要靡费得多——那时，在王子殿下、约克公爵的授意和监督下，苏格兰立约同盟者们被迫将腿伸进'靴子'里面碾压。那时是提图斯·奥茨[2]、贝德娄[3]和丹杰菲尔德横行的时代；他们凭空杜撰的虚假阴谋招致了祸端，仅凭捏造的证据就对人处以绞刑、拉伸和四分裂等酷刑。那时罗塞尔[4]和西德尼[5]合法地遭到谋杀。那时也是大瘟疫和伦敦大火的时代。公共财产被种种荒淫无度和中饱私囊的行为消耗殆尽；而水手们因为拿不到他们应得的薪金，躺在大街上饥饿潦倒、奄奄一息。同一时期，荷兰在梅德韦烧毁我们的船只。我的朋友，我想你很难称这一名为'快乐王朝'，实则丑闻频传的朝代为昔日好时光。"

"先生，如您所说，我觉得很为难。"布伦金索普先生承

---

1 蒙莫斯叛乱：叛乱之后，杰弗里斯等法官对叛乱者举行'血腥审判'。据说有300多人被处死，800多人被流放，不计其数者受到各种其他惩处。

2 提图斯·奥茨：查尔斯二世时期的一名英国国教神父，编造了1678年的天主教叛乱事件。

3 贝德娄：威廉·贝德娄，1680年，他宣称，在萨默塞特宫，看到了几天前神秘死亡的伦敦地方首席法官埃德蒙·贝利·戈德弗雷爵士的尸首。

4 罗塞尔：威廉·罗塞尔，1683年被查尔斯二世处决。

5 西德尼：阿尔杰农·西德尼，辉格党政治家。因1683年"拉伊别墅密谋"被处死。

认说。

"接下来，像你这样忠诚耿介的人，"石像接着说道，"应该会将克伦威尔摄政时期视作昔日好时光，但这一时期当然是配不上这一名号的。"

"这是绝对的，先生！"布伦金索普叫道。"克伦威尔连为他立像的人都没有，而您却享有那样的荣耀。"他边鞠躬边说道。

"不过，"石像说道，"尽管这一时期问题很多，它也不见得比我们先前谈论的那些朝代更糟糕。不必介意这些。这是一个阴郁的朝代，伪善之辞充盈于耳。如果你并不觉得这样的时期是英格兰的兴盛时期，我也认同你的看法。还有在此之前的那个朝代。在王朝的前期，国王竭力捍卫专制权力；在王朝的后期，议会军在野外抗击王军。国王最终结局如何，无须我赘言。市政官先生，昔日好时光存在于国王查理一世一生中的哪个阶段呢？我几乎不需要提及星室法庭，以及普林[1]和那些可怜的人。我只需稍稍提及斯特拉福德[2]和劳德[3]的命运，就能佐证我的观点。您再考虑一下，您还要将这一时期前后认定为是昔日好时光吗？"

"恐怕真的不能这样认定，先生。"布伦金索普先生轻轻敲打着自己的额头，回答道。

---

1 普林：星室法庭审判的三名教士之一。因出版小册子，攻击主教们的统治和劳德大主教的信条，受到酷刑折磨，并被终身监禁。
2 斯特拉福德：托马斯·温特沃斯（1593—1641），1640年获封斯特拉福德侯爵，1641年被处死。
3 劳德：威廉·劳德（1573—1645），英格兰坎特伯雷大主教。1640年以叛国罪被捕，1645年被处死。

"你对詹姆斯一世统治时期怎么看？你倾心于火药密谋时期的旧日好时光吗？还是沃尔特·雷利[1]爵士被斩首示众的那段日子？还是成百上千可怜又悲惨的老妇人因为巫术被活活烧死，而王座上的那位自作聪明的王上还专门写了一本充满智慧的书，为招致她们苦难的该死的迷信辩护，那段时间呢？"

布伦金索普先生承认他不得不放弃詹姆斯一世时期。

"好了，"石像继续说道，"我们来聊聊伊丽莎白女王。"

"可让我找到啦！"布伦金索普先生欢呼雀跃地打断了他的话。"请原谅，先生，"他补充说，意识到他有些恣意。"不过你知道，好女王贝丝的时代可是人人称道的！"

"哈，哈！"石像笑道，笑得一点都不像扎米尔[2]，或是唐·古兹曼，或是铺路工的撞锤，而是真真切切带着毫不做作的愉悦在笑。"有时候每个人说的都是蠢话。假设每个人的命运都被弃掷于伊丽莎白时代会怎样！在宗教事务法院的司法管制下，在监禁、拷问台和酷刑的淫威之下，每个人会怎样地享受这一过程啊！当每个人看到他的罗马天主教同胞及异端同胞，因信仰而遭到屠戮、罚款和监禁时；当他看到慈善的女士们出于发自内心的温柔同情心，给这些人提供栖身之所，因而遭到屠杀时，他又会做何感想啊？每个人会怎么看待杀害苏格兰女王玛丽事件？每个人，任何人，您，会愿意生活在以切耳具、颈手枷、足枷、拇指夹、绞刑架、斧子、砧板和清道夫的女儿为徽章的时代吗？布伦金索普先生，你要把昔日好时光设

1　沃尔特·雷利:（1552—1618），英国著名探险家、作家。1618 年被詹姆斯一世处死。
2　扎米尔: 音乐剧《黑钩子》里魔鬼的名字。

定在这样的历史舞台之上吗？"

"大体上说，毫无疑问，我还是更喜欢更为稳固和安全的历史舞台。"这位尚古的先生犹疑不决地回答道。

"好了，"石像说道，"天色已晚，我对这种交谈方式也不太习惯，我必须长话短说了。当血腥玛丽把主教们放在火堆上焚烤，又点燃了史密斯菲尔德[1]的熊熊大火时，那时是昔日好时光吗？当亨利八世，那位不列颠的蓝胡子，把他的妻子们的头砍下来；又在同一根火刑柱上对天主教徒和新教徒施以火刑时，那时又怎么样？当理查三世在伦敦塔里把他的侄子们活活闷死时；当玫瑰战争让这片土地血流成河时；当杰克·凯德[2]向伦敦进发时；当我们在亨利六世的统治下，可耻地被法国驱逐出国境；或是在亨利五世的统治下，同样可耻地在那里劫掠时，那时又如何？诺森伯兰伯爵叛乱时算是昔日好时光吗？理查二世发起暗杀时又怎样？金雀花王朝统治全期的那些战乱、大火、屠杀、酷刑折磨和种种暴行呢？约翰王公然宣称自己沦为了教皇的家臣，对犹太人实施敲骨吸髓的压榨呢？诺曼国王统治下的森林法和宵禁令怎样？这一长串血腥残酷的编年史中，你打算把你所歌颂的时代安插于何处呢？抑或是你所谓的昔日好时光，覆盖了不是这个人就是那个人总在犯叛国罪，伦敦桥上和坦普尔栅门[3]上总是悬挂着人头的整个历史阶段呢？"

布伦金索普先生承认说，选择其中的任意一个历史时期都

1　史密斯菲尔德：伦敦一处著名的刑场。
2　杰克·凯德：1450年肯特农民叛乱的领袖。
3　坦普尔栅门：旧时伦敦城的入口。

相当有难度。

"哈罗德在黑斯廷斯战役中落败，以及征服者威廉奴役英格兰，难道发生在昔日好时光吗？那些令人乐而忘忧的岁月是修道士生活的年代，乌尔班二世和圣丹斯的年代，以及公开蔑视国王、羞辱王后的年代吗？还是丹麦人四处破坏和杀戮的时期？或是撒克逊七国之治，以及信奉雷神索尔和主神奥丁的时期？还是亨吉斯特和霍萨[1]君临天下的时期？是罗马人统治不列颠的时期？或者，最终，我们必须要回到古不列颠人生活的年代，信奉德鲁伊教的年代，以及以人献祭的年代；那时这个岛国上血统纯正的原居民身上涂成靛蓝色、裸身出行；然后说那时是真真正正、纯纯粹粹、名副其实的昔日好时光？"

"说实在的，先生，"布伦金索普先生回答道，"自从今晚从您那里听到这番言论之后，我承认，我确实感到很困惑，到底把我们所讨论的那段时光安插到哪个具体的历史阶段比较好。"

"我替您找找看怎么样？"石像询问道。

"那敢情好，先生。如果您能帮我找找，我当然不胜感激。"迷茫的布伦金索普大大地舒了一口气，回答道。

"最好的时代，布伦金索普先生，"石像说道，"是最古老的时代。它们是最智慧的时代，因为随着世界日渐年长，世界也获得了越来越多的经验。现在的世界就比往昔的世界古老。而这个世界所经历过的最古老也是最好的时代正是当下。目前

---

1 亨吉斯特和霍萨：五世纪中叶领导朱特人入侵英国的领袖，建立了肯特王国。

为止，我们已经追溯了这么久，而当下的时光才是真正的昔日好时光，先生。"

"原来是这样，先生？"惊呆了的高级市政官叫道。

"正是这样，我的好朋友。当下才是我们所知的最好的时代——虽然最好的时代中也有不太好的地方。但与其缺陷相对应的是，它为修正错误留有余地。先生，你今后运用在市政方面和政治领域的智慧时，留心这一点，别继续遮蔽渐渐照亮人性黑暗的亮光。你单凭想象锁定在过去的那段美好时光，其实正存在于未来。所有人都行正义之事，因此无人将因不义之举而饱经苦痛的时代，终将到来。真正的昔日好时光尚未来临，但终将来临。"

"先生，您知道这一黄金时期会在什么时候到来吗？"布伦金索普先生谦逊地询问道。

"这就有点难倒我了，"石像回答道。"我说不好要转变布伦金索普们的观念需要多长时间。我诚挚地祝愿，你在有生之年会看到黄金时代的到来。以此为赠言，祝你晚安，布伦金索普先生。"

"先生，"布伦金索普先生回报以深深一鞠躬，"很荣幸见到您，也祝您晚安。"

布伦金索普先生回到家后，像变了个人似的。这一点很快就显露无遗。几天之后，他提议任命一位卫生官员，主持比特伯雷的公共卫生事务，让市议会大吃一惊。有关他允许在家中使用黄磷火柴的消息也不胫而走；在此之前，他在家中可是坚持使用老旧的火绒盒的。接下来，令整个比特伯雷诧异的是，他第一个站出来，提议建立一所新型学校。他又签署了一份征用文书，要在郡里新建成一所监狱，用于感化和改造青少年罪犯。有关于他的最新报导称，他不仅出资捐助了一家机械协会，还于不久前在那家协会实实在在地主持了一场关于地质学的讲座。

布伦金索普先生的思想观念和处世原则发生了如此显著的变化，他自己将之归因于他与石像的那席对话，对话内容正如上文所述。然而，他在镇子上的同胞们却对这段故事报以难以置信的表情，以及同样意味深长的手势和鬼脸。他们暗示说，布伦金索普先生自己思索了一阵子后想通了，只不过他需要一个说得通的理由，来修正他的错误。他的市政官同僚们大都认为他疯了；不仅仅是因为他的石像故事，也因为他所秉持的新道德和新政见与他们自己的如此迥异。当他对他们解释，说他不过是擦拭了他的眼镜，并仔细审视了自己身边的一切时；他们摇了摇头，说他最好别再捣鼓他的眼镜啦；一知半解是件危险的事情，但容许眼镜上落点儿灰尘就截然相反啦。他们说，他们自己的眼镜就从不擦拭。所有人都看得出来，他们不需要擦亮眼镜。

真实情况似乎是，布伦金索普先生找到了一副崭新的眼镜，能够让他看清正确的方向。先前，他只知道向后看；现在，他目视前方，看到了所有人都应该看到的宏大目标——渐进改良。

水滴：一则童话

I

希娜公主的求婚者们和年轻的公主；顺便提一提她的父亲

在遥远的西方，有一片色彩明亮、峰峦如聚的国土。在那儿，河水里流淌着的是液态的光亮，泥土全是金灿灿的黄色，小草和树叶都是华丽的绯红色，而空气中弥散着些许浅浅的绿、些许淡淡的蓝色的雾气。有时，在夏季的夜晚，我们会看到这片国土。然而，由于我们无知，总是要将我们所见到的事物，与我们所熟知的事物相对应，所以我们称它是被夕阳余晖所晕染的一大片云朵。我们按照气象学的原则解释它。而这一气候现象在凯姆茨或丹尼尔的著作中却被忽略掉了。不过，尽管存在这一疏漏，许多童谣都纷纷传唱说，我们上文提到的那片光辉的国土，是精灵们所居住的世界。精灵中，少有像善良的云之国国民那样，对人类的俗事那么感兴趣的。我即将讲述的这个故事也会证实这一点。

不久前的一个夜晚，国王卡优缪勒斯（积云）的宫殿里举行了盛大的庆典。卡优缪勒斯是西方之国的君主。希娜，国王的爱女，要从一大群求婚者中挑选出她未来的夫婿。希娜是一位纤美纯洁的少女，皮肤像未曾飘落的白雪一样白皙。然而，对于所有试图获得她芳心的人来说，她的心却比白雪还要冰冷。当希娜步态优雅地从她父亲的大殿中缓缓飘过时，许多小云朵会即刻升腾而起，追寻着她的芳踪而去。风儿也追随着她。不论何时，当她在天空中翩然前行时，就连人类也都爱慕地仰望着她。可以肯定的是，他们称她为鲭鱼或猫尾，就如同他们称她的父亲为棉花球一般。因为人族是一个粗俗的种族；说人坏话似乎是这些尘世间凡夫俗子的一项要紧的事务。

在庆典结束之前，国王命令一阵和缓的柔风在宾客间吹过，吩咐他们都聚在他自己和他的女儿身边。然后他对他们说了下面这一番话：

"尊贵的朋友们！你们中有许多人是我女儿希娜的求婚者，她也承诺会在今晚挑选一位夫婿。她央求我转告你们，她爱你们所有人。但由于我国皇室希望通过与异国缔结门当户对的姻亲，以增强自身的力量；她已经决意要从来自宁泊斯（雨云）公国的宾客中，选择一位做自己的丈夫。"话说，宁泊斯是我们人类唤作雨云的国度，在我们地球上的某些地方时不时可以见到。"宁泊斯王公的臣民们，"卡优缪勒斯继续说道，"是一脉皮肤黝黑的民族，这确实不假。但他们的仁慈也是声名远扬的。"

正在这时，两阵风因不满而喧哗起来，引起了一阵骚动；因而引发公愤，要求将它们驱逐出去。王宫侍从费了九牛二虎之力，才将他们从聚会驱赶了出去。他们因为嫉妒和失望几欲发狂，随即一路咆哮着吹到海面上，和一支船队较量了好几个回合，这才忘记了他们的忧伤。

卡优缪勒斯国王继续他的演讲，并称他现在是专门对来自宁泊斯的好朋友们说出下面的一番话。"今晚，请他们早早安歇。明天一早，请他们每个人都下到人间去。当他们返还时，如果我们发现他们中哪一位在凡间从事了对人类最为有益的服务，那么那位宁泊斯之子将成为希娜的夫婿。"

说完这一番话后，卡优缪勒斯将一顶白色的睡帽戴到了头顶上。这是屏退左右的信号。他的领地内金黄的大地，以及绯红的林木，在入夜后都被棉花般的云朵所覆盖。所以整个王国也完全陷入了沉睡之中。当夜色渐深后，月亮升起，并为卡优缪勒斯国王覆盖上了一张银色光晕交织而成的被单。

II
勒布勒斯和纳比斯的历险

希娜公主的求婚者们回到宁泊斯之后，第二天一大早就动身启程了。他们央求他们好心的王公送他们飘游在伦敦的上空。他们达成了一致意见，彼处人类密集聚集，如果降落在那里，他们应该会有更多机会为人类服务。因此这座举世闻名的大都市上空飘浮着一大片雨云。当这片雨云经过各地时，这些求婚者们就会乘着雨滴飘落下来，完成他们命定的使命。而每个精灵恰巧在哪里降落，几乎完全要靠运气；所以他们的历险，不啻是为赢得与希娜的婚约而进行的一场博彩。他们中最爱吹牛皮的那位精灵，怀着满满的自负，降落到了一位晨起卖早餐的女人打着补丁的伞盖上。在那里，他被人摇落，跌进了一个水洼里。他随之被溅了起来，和着泥点，落到了一个劳工的灯芯绒裤上。这人恰巧在去上班的路上停下来吃早餐。正是在那一片灯芯绒布上，他因蒸发飘摇而上，灰溜溜地返回了云朵的国度。

求婚者中有两位好心的精灵，勒布勒斯和纳比斯，两人是关系十分密切的朋友。当他们正聊着天时，勒布勒斯突然注意到他们正经过一片愁云笼罩的地域；于是降落下来，希望他能够庇佑这片土地。纳比斯继续前行，不久就降落到了泰晤士河的河面上。

令勒布勒斯良善之心刺痛的这片地区是伯蒙塞的一部分，名叫雅各布之岛。精灵落入了一个水沟中。不过，一个女人把他从这里汲走，和其他沟水一道装入了一只桶里，带回到了自己的家中。勒布勒斯陷入了完全的绝望中，他现在有什么资格与希娜缔结姻缘呢？我们可以从一位人之子对他所降落的这片悲惨之地的描述，推测出这位可怜精灵的痛苦处境。"在这个岛屿上，可以在一天中的任何时辰，看到女人用绳索系着的水桶，从一个散发着污秽恶臭气味的水沟中汲水，然后运到房屋的屋后去。水沟的两岸覆盖着一层淤泥和污垢的混合物，水沟里散落着些动物内脏和腐肉。沟水用于各种用途，其中也包括烹饪用水。这股沟水与其称之为水流，毋宁说是一股缓缓流淌的溪流。尽管距离汲水的地方很近，各种各样的污垢和垃圾还是从悬垂在沟水上方的木头房子配间里纷纷洒落。这些木头房子的房柱或木结构支撑要么腐烂，要么朽败；很多已经摧折；凡是路过之人都可以看见污垢掉落进水中。夏季里，成群结队的男孩子在散发着腐臭气味的壕沟里洗澡。在那里，他们接触到的都是对身体伤害极大的有害物质。"

所以勒布勒斯从水沟中被盛起，装在水桶中，被贫穷的女人带回家中，和其他的水滴一道放入了一口破旧、有磨痕的炖锅里。在那儿煮开后，他被倒入了一只陶制茶壶中盛放的东西之上，气味很是难闻，据说那是茶。精灵想到，我到底能让这些可怜的人们享受一下早餐的愉悦。他为自己勾勒了一幅温馨有爱的画面，把它想象成是一整天又脏又累辛苦劳作的一个序幕。但他经历了第二次失望。女人将他带到另外一个房间里，室内散发着恶臭的气味。在那儿，他明白他将抚慰一个男人和他的两个孩子，他们平卧在地板上，身上覆盖着一堆破旧衣物。这三个人都病恹恹的，而女人则对他们骂骂咧咧的。勒布勒斯见状缩了回去，沉入了茶壶的壶底。即便病人正发着烧，口渴难耐，也还是觉得茶壶里的茶水难以下咽。不一会儿，他被端了出去，泼洒在了阴沟里的一堆脏东西上面。

与此同时，纳比斯怀着此行能够更加幸运顺遂的愿望，开始了他的一天。一开始降落到泰晤士河面上时，他对各种各样的污染物很是厌恶。在亲吻了一些邻近的水滴之后，他很惊奇地发现，他们的嘴唇吻上去都是墨水味。水滴们说，这是因为整条河流都弥散着碳酸钙，浓度大约为每一加仑水中含有十六格令的这种物质。正是这一原因，使得习惯于饮用更为纯净的水之人觉得他们这些水滴尝上去有股墨水味。他们还解释说："用人类的话来说，这种物质让我们这些河水变硬了；水质硬到会给用水的大众带去一些疾病，连带着带去不菲的花销和许多麻烦。"

"但河水里全是淤泥和污垢，"纳比斯说道，"肯定没人喝这种水吧？"

"不会这样，"河水水滴大笑着说，"不会把全部河水都喝下去的。伦敦用水大部分要经过过滤器过滤，过滤器是不会任凭泥浆和杂质通过的，除非这些杂质是溶解到水中的。碳酸钙是溶于水的，污垢和恶臭气体也是溶于水的。"

"那可是桩麻烦事，"纳比斯说道。他已经感到自己的水滴在施展水族著名的吸附力量，在他们的物质构造中吸入雨云们先前从不曾知晓的东西。

不一会儿，纳比斯就发现自己被一股水流所裹挟着。他顺流而下，被吸入了一根长长的管子，与从泰晤士河汇集到这里的所有水滴们汇到一处。他自己经过过滤器过滤，被吸纳到了一个水库中。随后，他找身边友善的水滴们问了问路，然后未曾耽搁多久，就自己找到了一条路径，顺着主水管来到了伦敦。

　　纳比斯被这段漫长幽暗的地下旅行弄得晕头转向，最后他终于看到了光亮；不一会儿，他就从一个水龙头冲了出去，落入了一只大水罐里。他看到，水龙头下面固定着一只大水桶，但他没有落入这只水桶中。一群女人举着水罐、煎锅、水桶，在他头顶上喋喋不休、高声叫喊。所有人似乎都急着在水流冲出水龙头的一刹那将水接住，免得它流入了木桶或水箱。纳比斯感到很高兴，庆幸好运将他带到了此处。在这里，他能够享受这份殊荣，庇佑贫弱孤苦的人们。当他的女主人一路走走歇歇，将她大大的水罐和沉沉的提桶拎到楼上时，他兴奋得眼睛闪闪发光。只见她把两个盛满水的容器放在床下面，然后又拿出一只脸盆和一口煮鱼锅来，出门去取更多的水。纳比斯很同情这个可怜人，满心希望他从水龙头里倾泻出来时，能自己流到房间里，为他的女主人节省点儿时间，也节省点儿力气。

　　这位好心的精灵藏身的大水罐在接下来的一天里都留在床铺下面。第二天晚上，整整一晚上的时间，房间里都密密麻麻地住满了人。在距离清晨时间尚早时，纳比斯感觉到自己的水滴，以及他身边所有其他水滴都已经失去了他们怡人清爽的气息，而且一直在从拥挤的房间里吸收各种难闻的气味和水汽。清晨，当这家的丈夫将一只茶杯浸入到水罐中时，纳比斯毫不犹豫地钻进了杯中，他很高兴终于逃离了这座不卫生的牢笼。男人将水送到唇边，发现水质令人很是不适。一怒之下，他将水泼洒出窗外，而水滴则滴落进了窗下的水桶中。

　　这只大水桶样子很普通，人类中的一位对它做了如下描述："整体看上去，木头已经腐烂，上面覆盖着真菌。实话实说，使用'肮脏'一词描述这些木桶的卫生状况是再恰切不过了。"这只大木桶和一个疏于清理的污水坑同处于一间棚屋之下，从这个污水坑中，木桶中的水——总是不间断地吸附气味——吸附了很多污染物的气味。在所有这些鸡零狗碎的污染物中，还混有一只小猫的残骸。"有多少人不得不从这只木桶中取水？"纳比斯问道。"确切数字我真的无法告诉您，"一滴邻近的水滴说道。"我曾经在贝斯纳绿地的一只木桶里待过，它宽21英寸，深1英尺，里面盛放的水要供给给48家人。人们在桶中储水一般都是自用，如果他们知晓这些木桶到底有多脏，他们应该就不会再使用这些木桶了。但将水拖运回家很费气力；也不可能一次性大量取水回家；取水回家后，如果将水存放在居室里和床底下，水质又很容易被污染。"哦，正是如此，"另一滴水滴说道，"你说的都是事实。此外，我们水液不是易于存放的类型。昨天一群医生来巡视这一地区时，我听到其中的一位医生说，这只木桶里都生长出一座透过显微镜才能看到的植物园了。他们中还有一位医生说，他有一只还在使用着的木桶，不过这只木桶只用于蒸馏水。有一天，机缘巧合，经过好几次蒸馏之后，木桶的桶底已经被煮干了。随即，水分干涸后剩下的物质经加热后到达了分解的临界点，发散出分解后的有机物特有的恶臭味，即便是最迟钝的嗅觉也能捕捉得到这股子气味。他说，这些残留物污染了之后多次制作的蒸馏水。""你听我说，"纳比斯说道，"水流到这个小镇时都是很纯净的，但要在如此多的污染源环绕下保持好的水质，可不是件容易的事。嗨！"然后他开始入梦，梦见了希娜公主和受人景仰的宁泊斯王公，直到他被很大的一阵喧哗声惊醒。这阵喧闹声是一些喝醉酒的人鼓噪出来的。"那些人为什么那副德行？"纳比斯对他的朋友说。"我不知道，"水滴说道。"不过昨天晚上我看见很多人都是那个样子，我之前在贝斯纳绿地就看见过一些人这副模样。"一个女人把她的丈夫拉到一边，嘴里大声地责怪他总去啤酒店喝啤酒。"这又怎么啦，"男人大声叫道，还狠狠地咒骂了一句，"那你让我去哪儿喝酒？"随后，他又咒骂了一句，顺带着踢了水桶一脚——"你总不会要我去那儿喝酒吧！"所有围观者都赞同地大笑起来。这么一来，纳比斯也就和迎娶希娜的雄心壮志说再见了。

III

莱佛诺进入了上流社会，然后又下到了地牢里——他从这里出逃，又再次被困，然后在一团火焰的环绕下完成了一段危机四伏的登天之旅。

莱佛诺是宁泊斯王公的子民，性格轻松愉快。当整片云朵变成黑压压的一片时，他经常化作一团白色的水蒸气，飘浮在云层表面。他爱慕着希娜，所以跟随在一列雨点后面降落到凡间，跃入了伦敦西区一座漂亮房子的蓄水池中。

莱佛诺发现，蓄水池中的水都对箱中大量微生物的暴虐行为十分恼怒。他得知，水滴们经历了千辛万苦，无可避免地携带上了这些讨厌生物的生殖细胞，然后被迫进入到这处地方。一旦有了适宜的时间和地点，这些生物就会冲破一切阻碍苏醒重生。尽管他们中许多早已不在幼年期，蓄水箱还是成为他们的摇篮和温床。正在这时，莱佛诺自己被一只看上去像条龙的丑陋小家伙冲撞了一下；但一个更丑的小家伙可能扮演了一个小小圣乔治的角色，他又向着那头龙猛冲了过去。于是这位可怜精灵的心脏部位就成了这场争斗的战场。

过了一会儿，有一股新鲜的水流从管子里流出来，流水激起了水箱四壁和箱底生长的一层腐败物的怒气。这么一来，局面很有一些混乱；花了不少时间，各方才平息下来，各归其位。

"太阳火辣辣的，"莱佛诺说道。"我们好像都越来越温热了。""是的，的确如此，"一位水滴女士说道，"这里不像凉爽的云之国。我在泰晤士河中受到了污染，之后又经过了不完全过滤，再然后在一个露天的水库中忍受了七月的高温天气，浑身变得臭烘烘的。我在靠近地表的水管里流动过，因距离地表太近，难以保持凉爽，现在困守在这里，已经快要被煮沸了。据我所知，如果水质不够清凉，这样的水喝起来是不可能令人舒爽的。""啊，"一滴一只眼睛里藏着一条小鳗鱼的年老水滴说道："难怪人类总是要喝葡萄酒、茶水和啤酒了。""说到啤酒，"另一滴水滴说道，"听说酿酒师觉得我们这种水毫无用处，事情真的是这样吗？我们的水质太差了，他们不能靠我们冷却麦芽汁；而麦芽汁在冷却后需要沉入井中，用温度足够低的水终年酿制，这样才能满足他们的需要。""我对啤酒一无所知，"莱佛诺说道，"但我知道，如果这只水箱中的水滴先生们和水滴女士们能像他们所希望的那样保持清凉，他们就不会那么容易发生腐败变质了。""轮到您从出口出去了，先生，"一滴水滴彬彬有礼地说道，于是莱佛诺敏捷地从出口处跃入了一只瓷罐，那只瓷罐位置正好，正预备着盛住他呢。一位厨娘一边嘟囔着晨雨令下水道散发出不同寻常的臭味，一边将他从一间漂亮厨房的一侧端到了另一侧。随后，莱佛诺被倾倒进了一只水壶里。

煮沸对于一滴不洁净的水滴而言，正如瘙痒对于一只熊一样，是件令人愉悦的事情。它借助这一过程摆脱掉一直啃咬着它的那些小动物，褪去一直令它不洁的一些杂质。所以，在煮沸之后，水质会变得更纯净。但同时，它也会比先前更贪婪地汲取外界物质。因此，那些将变质的水煮沸的人之子随后应该将其遮盖起来；而且，如果他们想要喝口凉水，就不要在水凉下来后多作耽搁了。在煮沸的过程中，莱佛诺和他的朋友们喜悦地在水壶中跳起了舞。它们聚在一处，愉快地聊个不停。他们交换了它们在人间冒险时的见闻，讨论了云之国的政治形势。尽管由于身边飘浮着碳酸钙，它们花费了几乎是纯净时两倍的时间才煮沸；但是，当离别的时刻到来时，他们还是依依不舍。随后，莱佛诺和其他许多水滴被一起倒入了一只瓮中。接着，他被送至一间客厅里。一只烧热的熨斗客客气气地压在了他的后背上，使他保持煮沸的状态。

从瓮中被倾倒进茶壶中，从茶壶中又被倾倒进污水盆中。

莱佛诺只来得及注意到一位妇人正在泡茶；几位年轻女士正在编织；还有一位长得挺好看的年轻先生正站得笔直，手拿一只茶匙发号施令；随后他（精灵，不是年轻先生）就被一碟松饼厚厚地遮蔽住了。透过松饼，莱佛诺能捕捉到他们的一些对话，听起来他们似乎正在谈论茶水。

"母亲，您说您对自己有信心，您的茶煮得是很好的；这自然是好。但我要问一句，——不，瞧，我眼见着您为我们五个人放入了六茶匙茶。母亲，如果这水不是硬水——（此处有一声茶匙撞击熨斗的声响）——少放两茶匙茶叶会让茶水味道更香醇，并且依然还是那么浓郁。由于一年中会有三百六十五次外加一季度的喝茶时间——"

"哥哥，一季度的喝茶时间需要多少茶匙的茶叶？"

"玛利亚，你没有数学头脑。我说的不是早餐时喝的茶。如果乘以——""我亲爱的孩子，你已经离开学校了，没人让你做乘法。把松饼递给我。"

莱佛诺一下子轻松了；但污水盆就像一座高高的城垣，从四面把他围困住了，他无法环顾四周。房间里洒满了美丽的夕阳余晖，但莱佛诺很快就看到了松饼碟子压下来的阴影，一切旋即归于黑暗。

"说到烹饪，母亲。M.索耶说，许多蔬菜如果用伦敦水烹煮，都很难煮得适度。青菜不像青菜，法国豆染上了黄色，豌豆蔫蔫的。伦敦的水不能像水质稍软一些的水那样，让肉类的毛孔张开，使其变得鲜嫩多汁。M.索耶还认为，硬水不能提炼出肉类真正的味道。用硬水做面包，面包会发酵不起来。马——"

"我亲爱的孩子，M. 索耶不会烹制马匹。"

"普莱费尔博士告诉我们，马、羊和鸽子只要能喝到软水，宁愿从最为泥泞的水洼里饮水，也绝不肯饮用硬水。赛马如果运送到某个水质很硬、恶名在外的地方，需要携带一些水质较软的水，使它们能够保持好状态。葡萄就更不用说了，硬水肯定会灌溉出所谓的有着"'瞪眼'外皮的葡萄"。

"啊，毫无疑问，那么，一定是伦敦的水把布洛森利先生的燕尾服染成了蓝色。"

"玛利亚，就任何事情你都能胡说八道一番。当你成为布洛森太太后——"

"把杯子递给我。"

谈话中断了一会儿，然后是连续的餐具碰撞声。不一会儿松饼盘子被挪开了，黑色的残渣连续四次洒在莱佛诺脸上。在承受了这些冒犯之后，他又一次陷入了黑暗的孤寂中。

"当你成为布洛森利太太后，玛利亚，"那个声音继续道，"当你成为布洛森利太太后，你会感激我接下来要告诉你关于洗衣女工的事情。"

"亲爱的，你能不能缓一缓，等我有空感激你的时候再告诉我？你答应过今晚要带我们去见瑞秋的。"

"啊！"另一个女孩子的声音说道，"你可不能食言。我们七点钟梳洗打扮。到那时为止——也就是在接下来的十二分钟里，你可以接着讲下去。继续高谈阔论吧，我们会忍耐着听下去的。"

"说到你，凯瑟琳，我看是玛利亚教会了你聒噪吧。不过如果 B. 太太不想她哥哥送她一台高级轧布机作为结婚礼物的话，她眼下最好听听他的话。告诉你们吧，洗衣女工的工作可不容忽视。在一件衬衫因多次穿着而磨损掉之前，它在洗衣盆中所耗费掉的人力劳动是它内在价值的五倍。洗衣服花的钱可比衣服本身花的钱要多得多了。平均下来，一个中产阶级家庭一年花费在洗衣服上的钱多达房租的三分之一，或是家庭总收入的十二分之一。在穷苦的人们中，如果他们在家洗衣，洗衣的平均花费很可能会是房租的一半；但如果他们雇佣正规洗衣房里的洗衣工洗衣，花费不会超过租金的四分之一。一个贫苦的人每周洗衣的平均花销肯定不会少于四个半便士。小商人们为节省亚麻，可能花费不到九便士。在中间阶层和上等阶层，每人每周的花费从一先令到五先令不等，额度经常还会更高。基于这些事实，洗浴和洗涤协会的荣誉秘书布拉先生预计，伦敦花费在每位居民身上的洗涤费用为每周一先令。就整体而言，每年的总花销为五百万英镑。克拉克教授——"

"亲爱的汤姆教授，你已经用掉了十二分钟里的四分钟。"

"克拉克教授根据该行业提供的估算数据判断，伦敦每年肥皂的消费量为每人十五镑——是英格兰其他地方消费量的两倍。那么多的肥皂要花费六到八便士；而每人消耗的水大概要花费金额约为一半的钱，也就是三到四便士的样子。也可以说，在整个伦敦，平均下来，每人在一年十二个月里使用的肥皂和水要花费十先令。如果水的硬度下降的话，肥皂的需求量会少一些。唐纳森先生称，如果每加仑水中溶入一格令的碳酸钙，每增加一百加仑对这种水的需求，肥皂的需求量也会随之增加两盎司。每一格令以上述浓度溶解的碳酸钙，其硬度为一度。比如说，硬度为五度的水需要用两盎司的肥皂；硬度为八度的水则需要十五盎司肥皂；硬度为十六度的水需要三十二盎司肥皂。十六度，玛利亚，正是泰晤士河河水的硬度。母亲，就是您在茶叶筒上烹煮着的那种水。这么一说你们应该能够明白，我们每人支付的肥皂费用是六到八便士。但由于我们的水质硬度非比寻常，我们需要使用双倍的肥皂。所以平均下来，伦敦每人每年仅肥皂的花销一项，就因为硬水需要额外支付三到四便士。"

"汤姆哥哥，现在你必须在五分钟内结束你的演说。"

"但肥皂可不是关系到洗衣女工和其顾客的唯一物资。还有劳力，穿着带来的磨损，以及双倍的揉搓和浆洗时间带给亚麻的双倍损耗，这些都是硬水迫使洗衣女工所做的额外工作。因此，如果我们充分考虑所有事项，彻彻底底算一笔账；我们会发现，在像伦敦这样供给水水质硬度特别大的城镇里，洗涤亚麻的花销比软水洗涤的花费要高出四倍。我之前已经告诉过你们，据估计，每年洗涤的花费约为五百万。所以，如果测算无误的话，对伦敦人而言，每年随硬水从洗衣桶里哗哗流走的金钱总额一项就有三百多万，将近四百万。由于布洛森利太太出身体面家庭，特别喜欢亚麻保持洁净；所以必然会比人均开销花费得更多，在总额中占比更大。"

"演说家先生，我没有逐字逐句地听你说的话，但就我听到的部分而言，我觉得你太夸张了。"

"妹妹，我的话是从政府工作报告中摘选出来的；帮帮忙，对这些话半信半疑就好。不过这些事实还是很确凿的。是时候让人们对这些事保持警醒了。"

"我宣布，这件事就这样吧。你的十二分钟已经用完了，我们早就准备好去看戏了。如果你在剧院也一直'水水水'的，我会忍不住尖叫的。"

接下来是一阵叽叽喳喳的交谈。莱佛诺发现接下来的谈话不像与水相关的话题那样，丝毫也无法激发他的兴趣。一阵衣服的窸窣声和行走的动静声之后，紧接着是一阵嘎吱作响，声音离客厅越来越近。莱佛诺很快发现，这阵动静是父亲在餐后小憩之后，上楼时靴子发出的声响。这之后是更多精灵觉得无趣的交谈。因此莱佛诺很快就昏昏欲睡起来。由于他一直被压在松饼碟子下面，严严实实地被拘禁于令人不适的空气中，他的倦意也在这样的环境中越来越浓。直到他被一阵很大的喧哗声吵醒，原来女仆正用托盘将他连同其他茶具一道端下楼。

莱佛诺从与希娜举行婚礼的甜蜜美梦中被惊醒，并痛苦地意识到，他还没有成功地为人类做出任何大贡献；他只不过是清洗了一只茶壶而已。托盘被放到厨房的橱柜上之后，又过了几分钟，沮丧的精灵注意到，他所栖身的那只污水盆从托盘上被举了起来，一点微弱的希望油然而生。可怜的、令人同情的莱佛诺啊！他被一位无情的后厨女佣粗鲁地从盆中泼入了一只石头水槽中，然后在水槽中翻滚着掉进了一个洞里，那只洞是特意凿出来困住他的，——经由那只洞，他翻滚着掉进了一个可怕的深渊。

这道深渊是在屋下前后回旋往复的一条长长的地牢，地牢是由砖石砌成的——眼下砖石已经有些朽坏，浸透着潮气。一些砖块已经掉了下来，或者被碾得粉碎。莱佛诺看到，地牢外面的泥土很潮湿。地牢四壁覆盖着一层污染物，一股浅浅的流水从地牢中缓缓流过，而精灵正是漂浮在这股水流中。整个地牢弥漫着浑浊有毒的空气。莱佛诺这才发现，这些发散出来的气味是从房子的缝隙、通风孔和老鼠的洞穴中透过来的；因为老鼠和其他毒物已经占据了这个散发着恶臭的巢穴。这就是房子里住的好人们所谓的"瘟疫长廊"，也就是他们的下水道。下水道一端有一扇活门，将精灵和其他水滴困在了这个地方。直到水滴们汇集起来，水量足够大了，才能成功地破门而出。

这扇门的作用是阻止外面更多的脏东西进来。不幸的是，这么一来它必然会在门内积蓄浓度很高的腐烂气味。最终莱佛诺逃了出来。但是，天哪！这场出逃不亚于从新门监狱逃到了巴士底监狱——他从排水沟进到了下水道。这是一条长长的拱形的监狱，在距离街道下表面较浅的地方延伸着。由于头顶上车辆经过时地面震动，不少砖块都脱落了下来。莱佛诺向前疾奔，满脑子都是一个念头——他能逃脱吗？他很快就掉进了陷阱里。在两块砖头接合的一处凹凸不平的地方，垂直卡进了一只牡蛎壳，很多泥污在这里淤积，把空隙填得满满的。莱佛诺正是被困在了这里。他在这里待了整整一个月。在这段时间里，许多股水流流经他，留下了大量结了壳的硬硬的泥垢，把他牢牢地糊住。一个月接近尾声时，来了许多人，又是刮磨，又是打扫，又是清洗。随着一股突然而至的水流，莱佛诺被一股力道冲了出来。不一会儿，他就和大量摆脱拘禁的污秽物一起，从监牢中被释放了出来，在泰晤士河面上无拘无束地漂游着。

莱佛诺和一滴很脏的水滴撞在了一起。

"让开一点，听得懂我的话吧？"水滴叫道。"你不配触碰别人，下水道里的腌臜物。"

"怎么啦？您又是从哪儿来的，我的好先生？"

"哦！我？我刚刚在一些堪称模范的排水道里转了转。人们称它们为排水管道。看看我，难道还不一目了然吗？"

"你身上没有什么是一目了然的，"莱佛诺回答说。"你所说的模范排水道是指什么？"

"我的意思是，我刚刚通过一根十二英寸宽的管道从上乔治街过来，比在老旧的下水道基座上通行要快四五倍；就像乘坐着特快列车，畅通无阻。"

"是这样！"

"是的。那些管道都是不渗水、陶制的管状排水管，管身严丝密合。我来自一个新的排水管道正在试运行的地区。当这种排水管道普及后，每一处地方都会有高压水可供使用；每一个龙头下面都接有陶制的下水管道；管子不大不小，刚好适用。这些小小的管子会在地表下面延展，而不是由大大的砖石下水道从每家每户的地下连通到大街上去。这些细水管连接到了每家每户屋后安装的粗水管中，这些粗水管又连接到更粗的水管中，但所有这些水管都不是特别的粗大。这样一来管道中时时有水流通过，如同血液循环一样；所有的水管最终会连入一个庞大的水道。这一水道会将所有的污水输送出城市去。污水排放地会是泰晤士河下游很偏远的地方，不会有回潮的水流将污水带回伦敦。一些污水会分流到田间去，做灌溉的肥料使用。"

"哼！"莱佛诺说道。"说得好像你挺聪明似的。你是怎么知道这些的？"

"我怎么知道？上帝保佑你，我可是常年在泰晤士河上漂游的水滴。我一直是从水塘进到大玻璃杯，从大玻璃杯被冲进下水道，从下水道进入河流，从河流进到水管并沿水管上行，从水管进入水库，从水库进入水塘，从水塘进入茶壶，从茶壶被冲进下水道，从下水道进入河流，从河流进到水管并沿水管上行，从水管进入水库，从水库进入水塘，从水塘进入煎锅，从煎锅被冲进下水道，从下水道进入泰晤士河这么流淌来着——"

"打住！这里稍稍停顿一下！"莱佛诺说道。"呃，这么说你平生听说过许多事。毫无疑问，你肯定经历了一些冒险吧？"

　　"你说得没错，"那滴伦敦佬水滴说道。"最麻烦的一次是当我被当作新鲜的水源输送到路夫希夫街的时候。那一地区的地势要低于高水位线；伯蒙齐区、圣乔治区和南华克区的情况也是这样。纽因顿区、圣奥拉弗地区、威斯敏斯区和朗伯斯区的情形也好不到哪里去。嗯，你知道，老式的下水道总是漏水；再加上灌入伦敦的水要比伦敦人能够贮藏的水要多得多；所以汛期到来时，在地势较低的地区，城市水道中的水无法排尽，洪水就会来势汹汹地四处蔓延。我们曾将路夫希夫街的路面完全浸透；那时我想，我只怕再也无法离开那儿了。"

　　"使用这些新水管后，情况会有什么不同吗？"

　　"是的，就我耳闻目见的情况来看，状况会有所改观。铺设新水管时，会使它们均匀地呈下落趋势，这样就可以把水排放出去。只要持之以恒地排出多余的水，水道中的水就不会过量。当然，下落处理后，水道中水位要低于一般水位；在合适的地方，这些水道中的液体会被水泵抽取到下水道的主水管中去。先生，那些地势较低地区的潮湿状况导致了人数骇人的死亡病例。去年，在路夫希夫地区，每三十七人中就有一人死于霍乱。而在克拉肯韦尔区，地势比高水位线要高六十三英尺，在五百三十人中就只有一人死亡。这一死亡人数的占比适用于所有地区。"

　　"啊，顺便提一下，你应该听到过关于水质的抱怨。伦敦人会自己打井么？"

　　"打井！你太天真了！我看你是从云端上掉下来的吧，这般不食人间烟火。在大城镇里，井水污染得很严重。有人提议说，要联合并整顿两家最好的泰晤士河水公司，大章克申和沃克斯豪尔，为伦敦供给用水，直到引入并实施一项大计划。这之后两家公司的合作仍将维系；如果这项大计划不如预期进展那么顺利的话，联合公司会预留并保障用水，以备不时之需。"

"我想了解一下，这项大计划的内容是什么？"

"嗨，有些人说可以从巴格肖特和法纳姆之间的大片荒地调取雨水使用。那里的雨水浸透了一层正在生长的薄薄的草皮。而这层草皮不论是从化学的角度来说，还是从机械的角度来说，都是绝无仅有的完美过滤器——在混有杂质的泥土中，正在生长的根茎可以比我们萃取出更多水。随后，先生，雨水会流入到一个很大的铺有石英砂的基座中去。石英砂下面铺有泥灰土，泥灰土下面又铺有石英砂——啊，可以看出，你不是很懂地质学知识。"

"请继续说。"

"石英砂在经过经年的雨水冲刷后，能比大玻璃杯更好地盛住水，又丝毫不会将水弄脏。伦敦人是这么说的，通过修建一些人工水渠及一个大水库，他们每天能收集 28，000 加仑几近纯净的水。他们需要 40，000 加仑水，因此提议从位于同一区域的韦河支流中获取补给。这些水虽然没有那么纯净，但硬度只有泰晤士河河水的一半，而且是未被污染过的。"

"这些水怎么输送到伦敦去呢？"

"这些水通过一个有顶棚的导水槽运送到伦敦去。搭建顶棚是为了保持水质的凉爽和清洁。随后，水会通过陶制的水管输送分配到各处。这些陶管都埋得很深，这首先也是为了保持水质的清凉，但同时是为了保证水质的洁净。高压下的水会被输送入户，在铁制或铅制的水管中快速地流入每家每户，攀爬上每一面墙壁。每个房间里都会装有一个水龙头，每个水龙头下方都会留有下水管的入口。在供水结束之处，排水就开始了。两个环节共同组成了一个水循环系统。除此之外，每条街道上都会留有许多打开着的下水栓。大街小巷每天早上都会被冲洗一遍；或根据交通状况的需要，每隔一天用带喷嘴的软管冲洗一遍。伦敦作为大都市，不能到处都是脏兮兮的。如果用一根手指这儿擦擦那儿擦擦，总能擦出点灰尘来，这样肯定是不行的。每天早晨，在上班时间到来之前，伦敦的市面都要经过打扫和清洗，使城市焕然一新。高压水通过液压起重装置，可以驱动人们的许多发明，这样的例子不胜枚举。这些发明可以替代目前需要消耗大量手工劳动、用蒸汽动力驱动又太不值当的工作。此外——"

"我亲爱的朋友，"莱佛诺叫道。"你太聪明了。你所说的话一多半我都听不懂。"

"但最要紧的一点，"絮絮叨叨的泰晤士河水滴继续说道，"是花销问题。节省下来的费用包括贮水器购置费、浮球阀购置费、水管工的工钱、大规模下水道修缮的费用、定期维修费、手工费、街道清扫费，肥皂、茶、亚麻和燃油的费用，因积垢受损的蒸汽锅炉换新费，伙食费、月工资、医生的诊金、时间支出、教区的税费——"

忙忙叨叨的水滴来不及为他开出来的清单画上句号，就突然被一只死猫尸体上的毛发缠住了。精灵侥幸逃脱了与他同样的命运，在下一分钟又被水管吸入了一个水库，就像纳比斯之前被水管吸进去时一样。莱佛诺对他自负的朋友无休止的喋喋不休心生厌烦，接下来就静静地藏身在一个角落中。他相信，在与猫共度一晚后，那位朋友一定会深受折辱。他在迷迷糊糊的状态下随地下的水流漂游着，直到头顶上巨大的踩踏声、夹杂着哭喊声，将他唤醒。那时，他正半梦半醒地漂浮在伦敦某条街道下的水管中。

"发生了什么事？"精灵叫道。

"从声音判断，毫无疑问，发生了火灾，"一滴相邻的水滴静静地说道。莱佛诺怀着胜利的喜悦吁了一口气。希娜仿佛就站在他眼前。现在他终于可以施惠于人类了。

"让我们冲出去吧，"莱佛诺叫道。"让我们对人类施以援手，奔过去施救吧。"

"别那么火急火燎的，"一滴打着瞌睡的水滴说道。"在他们找到公司的龙头开关员前，我们是无法从这里出去的。找到人之后，他还必须一条一条街道地打开水道的塞子，然后我们才能被输送出去。"

"在这段时间里，火势——"

"大火会完全把房子烧毁。五分钟之内的救援可以拯救一栋房子。可照目前的情况看，即便是最幸运的人也很难在二十分钟之内得到救援，他的房产也无法在这么短时间内得到看护照拂。"

莱佛诺想，他在泰晤士河漂游时的闲谈又多了一个话题。只要为刚刚提到的消防栓保证持续的供水，火势的蔓延就会得到遏制。

不久，在一阵混乱的行动和嘈杂的声音中，乘着一股水流的力道，莱佛诺向着前方的亮光冲了过去——他一头扎进了一团熊熊火焰的强光中。火焰跳跃着噼啪作响，这时莱佛诺迎头撞了上去。在火红的烈焰和黝黑的烟雾环绕中，乘着一股升腾的蒸汽，精灵绝望地再次飞升上天，返回了云之国。

IV
宁泊斯王公的卑鄙行径

我们先前已经称颂过宁泊斯王公的好脾气，这位王公可不是等闲之辈。他先是慨然应允希娜公主的所有求婚者下到凡间，为赢得一纸婚约四处奔波；随后又趁着他们不在的大好时机，为自己扫清障碍，然后凭着甜言蜜语对卡优缪勒斯国王的女儿死缠烂打、大献殷勤。希娜并不愿意搭理他，但她的无赖父亲却野心勃勃。他想要缔结一个好的联盟；要实现这一目标，与王公联姻可比与一介布衣联姻要好太多了。这位老人说道："当下到凡间的那些人回来时，一定会有一场纷争。他们会沉着脸，无疑还会发点脾气、掀起点风暴；但即便如此，我们也要举行这场皇家婚礼。"如此，宁泊斯王公迎娶了希娜，而莱佛诺则在婚筵庆典期间的某个晚上抵达了卡优缪勒斯国王的王廷。七月十六日那天，英格兰许多地区都雷雨大作，这即是他的一腔怒气洒向凡间的产物。至于其他求婚者的探险之旅，因此行的目的对他们皆有所欺瞒，所以这里就无须赘述了。每位求婚者归来时，都会获悉宁泊斯王公卑鄙的欺骗行为。当我们将这篇文稿付梓时，彼时云之国的政局正是如此。因此我们完全可以预料，下一个冬季到来之前，我们还会经历五六场雷雨。当每位求婚者归来，发现自己是如何被无耻地欺骗时，都会闹出挺大的动静；也难怪他们动怒。像宁泊斯王公这般无耻行事，是足以让云朵精灵们怨声鼎沸、轰隆无止了。

图书在版编目（CIP）数据

狄更斯幽默故事集 / （英）查尔斯·狄更斯著；
闵晓萌译. — 杭州 ： 浙江大学出版社，2022.3
ISBN 978-7-308-21861-0

Ⅰ．①狄… Ⅱ．①查… ②闵… Ⅲ．①笑话－作品集－
英国－现代 Ⅳ．①I561.78

中国版本图书馆CIP数据核字(2021)第211685号

狄更斯幽默故事集

（英）查尔斯·狄更斯　著　闵晓萌　译

总 策 划	张　琛	
责任编辑	卢　川	
责任校对	陈　欣	
封面设计	云水文化	
出版发行	浙江大学出版社	
	（杭州市天目山路148号　邮政编码　310007）	
	（网址：http://www.zjupress.com）	
排　　版	杭州林智广告有限公司	
印　　刷	杭州钱江彩色印务有限公司	
开　　本	880mm×1230mm　1/32	
印　　张	7.25	
字　　数	142千	
版 印 次	2022年3月第1版　2022年3月第1次印刷	
书　　号	ISBN 978-7-308-21861-0	
定　　价	42.00元